HYGIÈNE DE L'ASSASSIN

Promis à une mort prochaine, Prétextat Tach, auteur de vingt-deux romans et prix Nobel de littérature, accepte de recevoir au compte-gouttes quelques-uns des journalistes venus du monde entier pour l'interviewer. Cet octogénaire obèse au point d'en être invalide, misogyne et misanthrope, n'est que haine, mépris et grossièreté pour ces parasites vivant aux crochets des créateurs dont ils n'ont pas lu une ligne. Tach croise le fer avec cynisme et méchanceté jusqu'à faire mouche. Il congédie le premier journaliste après l'avoir traité de crétin, fait vomir le second en lui détaillant ses orgies alimentaires. Jusqu'à l'heure où arrive Nina, qui, elle, a lu tous les livres de l'ignoble Prétextat. Patiemment, elle viendra à bout de sa mauvaise foi et de son imposture, non sans être parvenue à lui arracher son secret après une série de répliques aussi cinglantes qu'éblouissantes d'intelligence.

Le Sabotage amoureux
Albin Michel, 1993
« Le Livre de poche », n° 13945

Les Combustibles
Albin Michel, 1994
« Le Livre de poche », n° 13946

Les Catilinaires
Albin Michel, 1995
« Le Livre de poche », n° 14170

Péplum
Albin Michel, 1996
« Le Livre de poche », n° 14489

Attentat
Albin Michel, 1997
« Le Livre de poche », n° 14688

Mercure
Albin Michel, 1998
Corps 16, 1999

Stupeur et Tremblement
Albin Michel, 1999

Amélie Nothomb

HYGIÈNE
DE L'ASSASSIN

ROMAN

Albin Michel

TEXTE INTÉGRAL

ISBN 2-02-025462-X

(ISBN 2-226-05964-4, 1re édition brochée
ISBN 2-02-019593-3, 1re publication poche)

© Albin Michel, 1992

Quand il fut de notoriété publique que l'immense écrivain Prétextat Tach mourrait dans les deux mois, des journalistes du monde entier sollicitèrent des entretiens privés avec l'octogénaire. Le vieillard jouissait, certes, d'un prestige considérable ; l'étonnement n'en fut pas moins grand de voir accourir, au chevet du romancier francophone, des émissaires de quotidiens aussi connus que (nous nous sommes permis de traduire) *Les Rumeurs de Nankin* et *The Bangladesh Observer*. Ainsi, deux mois avant son décès, M. Tach put se faire une idée de l'ampleur de sa célébrité.

Son secrétaire se chargea d'effectuer une sélection drastique parmi ces propositions : il élimina tous les journaux en langues étrangères car le mourant ne parlait que le français et ne faisait confiance à aucun interprète ; il refusa les reporters de couleur, parce que, avec l'âge, l'écrivain s'était mis à tenir des propos racistes, lesquels étaient en discordance avec ses opinions profondes – les spécialistes tachiens, embarrassés, y voyaient l'expression d'un désir sénile de scandaliser ; enfin, le secrétaire découragea poliment les sollicitations des chaînes de télévision, des magazines féminins, des journaux jugés trop politiques et surtout des revues médicales qui eussent voulu savoir comment le grand homme avait attrapé un cancer aussi rare.

Ce ne fut pas sans fierté que M. Tach s'était su atteint du redoutable syndrome d'Elzenveiverplatz, appelé plus vulgairement « cancer des cartilages », que le savant éponyme avait dépisté au XIXᵉ siècle à Cayenne chez une dizaine de bagnards incarcérés pour violences sexuelles suivies d'homicides, et qui n'avait plus jamais été repéré depuis. Il ressentit ce diagnostic comme un anoblissement inespéré : avec son physique d'obèse imberbe, qui avait tout de l'eunuque sauf la voix, il redoutait de mourir d'une stupide maladie cardio-vasculaire. En rédigeant son épitaphe, il n'oublia pas de mentionner le nom sublime du médecin teuton grâce auquel il trépasserait en beauté.

A dire vrai, que ce sédentaire adipeux ait survécu jusqu'à l'âge de quatre-vingt-trois ans rendait perplexe la médecine moderne. Cet homme était tellement gras que depuis des années il avouait ne plus être capable de marcher ; il avait envoyé paître les recommandations des diététiciens et se nourrissait abominablement. En outre, il fumait ses vingt havanes par jour. Mais il buvait très modérément et pratiquait la chasteté depuis des temps immémoriaux : les médecins ne trouvaient pas d'autre explication au bon fonctionnement de son cœur étouffé par la graisse. Sa survie n'en demeurait pas moins mystérieuse, ainsi que l'origine du syndrome qui allait y mettre fin.

Il n'y eut pas un organe de presse au monde pour ne pas se scandaliser de la médiatisation de cette mort prochaine. Le courrier des lecteurs fit largement écho à ces autocritiques. Les reportages des rares journalistes sélectionnés n'en furent que plus attendus, conformément aux lois de l'information moderne.

Déjà les biographes veillaient au grain. Les éditeurs armaient leurs bataillons. Il y eut aussi, bien sûr, quelques intellectuels qui se demandèrent si ce succès prodigieux n'était pas surfait : Prétextat Tach avait-il réellement innové ? N'avait-il pas été seulement l'héritier ingénieux de créateurs méconnus ? Et de citer à l'appui quelques auteurs aux noms ésotériques, dont ils n'avaient eux-mêmes pas lu les œuvres, ce qui leur permettait d'en parler avec pénétration.

Tous ces facteurs concoururent à assurer à cette agonie un retentissement exceptionnel. Pas de doute, c'était un succès.

L'auteur, qui avait vingt-deux romans à son actif, habitait au rez-de-chaussée d'un immeuble modeste : il avait besoin d'un logement où tout fût de plain-pied, car il se déplaçait en fauteuil roulant. Il vivait seul et sans le moindre animal familier. Chaque jour, une infirmière très courageuse passait vers 17 heures pour le laver. Il n'aurait pas supporté que l'on fît ses courses à sa place : il allait lui-même acheter ses provisions dans les épiceries du quartier. Son secrétaire, Ernest Gravelin, vivait quatre étages plus haut mais évitait autant que possible de le voir ; il lui téléphonait régulièrement et Tach ne manquait jamais de commencer la conversation par : « Désolé, mon cher Ernest, je ne suis pas encore mort. »

Aux journalistes sélectionnés, Gravelin répétait cependant combien le vieillard avait un bon fonds : ne donnait-il pas, chaque année, la moitié de ses revenus à un organisme de charité ? Ne sentait-on pas affleurer cette générosité secrète à travers certains personnages de ses romans ? « Bien sûr, il nous terrorise tous, et moi le premier, mais je soutiens que ce masque agressif est une coquetterie : il aime jouer à l'obèse placide et cruel pour cacher une sensibilité à fleur de peau. » Ces propos ne rassurèrent pas les chroniqueurs qui, du reste, ne voulaient pas guérir d'une peur qu'on leur enviait : elle leur conférait une aura de correspondants de guerre.

La nouvelle du décès imminent était tombée un 10 janvier. Ce fut le 14 que le premier journaliste put rencontrer l'écrivain. Il pénétra au cœur de l'appartement où il faisait si sombre qu'il mit un certain temps à distinguer la grosse silhouette assise dans le fauteuil roulant, au milieu du salon. La voix sépulcrale de l'octogénaire se contenta d'un « Bonjour, monsieur » inexpressif pour le mettre à l'aise, ce qui crispa le malheureux davantage.

— Enchanté de vous rencontrer, monsieur Tach. C'est un grand honneur pour moi.

Le magnétophone était en marche, guettant les paroles du vieillard qui se taisait.

— Pardon, monsieur Tach, pourrais-je allumer une lumière ? Je ne distingue pas votre visage.

— Il est 10 heures du matin, monsieur, je n'allume pas la lumière à cette heure-là. Du reste, vous me verrez bien assez tôt, dès que vos yeux se seront habitués à l'obscurité. Profitez donc du répit qui vous est octroyé et contentez-vous de ma voix, c'est ce que j'ai de plus beau.

— Il est vrai que vous avez une très belle voix.

— Oui.

Silence embarrassant pour l'intrus qui nota sur son carnet : « T. a le silence acerbe. A éviter autant que possible. »

— Monsieur Tach, le monde entier a admiré la détermination avec laquelle vous avez refusé d'entrer à l'hôpital, malgré les injonctions des médecins. Alors, la première question qui s'impose est celle-ci : comment vous sentez-vous ?

— Je me sens comme je me sens depuis vingt ans.

— C'est-à-dire ?

— Je me sens peu.

— Peu quoi ?

– Peu.

– Oui, je comprends.

– Je vous admire.

Aucune ironie dans la voix implacablement neutre du malade. Le journaliste eut un petit rire jaunâtre avant de reprendre :

– Monsieur Tach, je n'userai pas, avec un homme tel que vous, des périphrases qui ont cours dans ma profession. Aussi je me permets de vous demander quelles sont les pensées et les humeurs d'un grand écrivain qui se sait sur le point de mourir.

Silence. Soupir.

– Je ne sais pas, monsieur.

– Vous ne savez pas ?

– Si je savais à quoi je pensais, je suppose que je ne serais pas devenu écrivain.

– Vous voulez dire que vous écrivez pour savoir enfin à quoi vous pensez ?

– C'est possible. Je ne sais plus très bien, je n'ai plus écrit depuis si longtemps.

– Comment ? Mais votre dernier roman a paru il y a moins de deux ans...

– Vidange de tiroir, monsieur. Mes tiroirs sont tellement pleins que l'on pourrait éditer un nouveau roman de moi chaque année pendant la décennie qui suivra ma mort.

– C'est extraordinaire ! Quand avez-vous cessé d'écrire ?

– A cinquante-neuf ans.

– Alors, tous vos romans sortis depuis vingt-quatre ans étaient des vidanges de tiroirs ?

– Vous calculez bien.

– A quel âge avez-vous commencé à écrire ?

– Difficile à dire : j'ai commencé et arrêté plusieurs

11

fois. La première fois, j'avais six ans, j'écrivais des tragédies.

– Des tragédies à six ans ?

– Oui, c'était en vers. Débile. J'ai arrêté à sept ans. A neuf ans, j'ai fait une rechute, qui m'a valu quelques élégies, toujours en vers. Je méprisais la prose.

– Surprenant, de la part d'un des plus grands prosateurs de notre époque.

– A onze ans, j'ai de nouveau arrêté et je n'ai plus écrit une ligne jusqu'à mes dix-huit ans.

Le journaliste nota sur le carnet : « T. accueille les compliments sans se cabrer. »

– Et à dix-huit ans ?

– J'ai recommencé. J'écrivais d'abord assez peu, puis de plus en plus. A vingt-trois ans, j'ai atteint ma vitesse de croisière, et je l'ai maintenue pendant trente-six ans.

– Que voulez-vous dire par votre « vitesse de croisière » ?

– Je n'ai plus fait que ça. J'écrivais sans cesse ; à part manger, fumer et dormir, je n'avais aucune activité.

– Vous ne sortiez jamais ?

– Seulement quand j'y étais contraint.

– Au fond, personne n'a jamais su ce que vous avez fait pendant la guerre.

– Moi non plus.

– Comment voulez-vous que je vous croie ?

– C'est la vérité. De mes vingt-trois ans à mes cinquante-neuf ans, les jours se sont tellement ressemblés. J'ai de ces trente-six années un long souvenir homogène et quasi dénué de chronologie : je me levais pour écrire, je me couchais quand j'avais fini d'écrire.

– Mais enfin, vous avez subi la guerre comme tout le monde. Par exemple, comment faisiez-vous pour vous ravitailler ?

Le journaliste savait qu'il abordait là un domaine essentiel dans la vie de l'obèse.

– Oui, je me souviens avoir mal mangé ces années-là.

– Vous voyez bien !

– Je n'en ai pas souffert. A l'époque, j'étais goinfre mais pas gourmet. Et j'avais d'extraordinaires provisions de cigares.

– Quand êtes-vous devenu gourmet ?

– Quand j'ai arrêté d'écrire. Avant, je n'en avais pas le temps.

– Et pourquoi avez-vous arrêté d'écrire ?

– Le jour de mes cinquante-neuf ans, j'ai senti que c'était fini.

– A quoi l'avez-vous senti ?

– Je ne sais pas. C'est venu comme une ménopause. J'ai laissé un roman inachevé. C'est très bien : dans une carrière réussie, il faut un roman inachevé pour être crédible. Sinon, on vous prend pour un écrivain de troisième zone.

– Ainsi, vous aviez passé trente-six ans à écrire sans discontinuer, et du jour au lendemain, plus une ligne ?

– Oui.

– Qu'avez-vous donc fait pendant les vingt-quatre années qui ont suivi ?

– Je vous l'ai dit, je suis devenu gourmet.

– A plein temps ?

– Disons plutôt à plein régime.

– Et à part ça ?

– Ça prend du temps, vous savez. A part ça, presque rien. J'ai relu des classiques. Ah, j'oubliais, j'ai acheté la télévision.

– Comment, vous aimez la télévision, vous ?

– Les publicités, seulement les publicités, j'adore ça.

– Rien d'autre ?

— Non, à part les publicités, je n'aime pas la télévision.

— C'est extraordinaire : vous avez donc passé vingt-
quatre ans à manger et à regarder la télévision ?

— Non, j'ai aussi dormi et fumé. Et un peu lu.

— Pourtant, on n'a jamais cessé d'entendre parler de
vous.

— La faute en revient à mon secrétaire, cet excellent
Ernest Gravelin. C'est lui qui s'occupe de vider mes
tiroirs, de rencontrer mes éditeurs, de construire ma
légende et surtout de mener ici des théories de médecins, dans l'espoir de me mettre au régime.

— En vain.

— Heureusement. Il aurait été trop bête de me priver
puisque, en fin de course, l'origine de mon cancer n'est
pas d'ordre alimentaire.

— Quelle en est donc l'origine ?

— Mystérieuse, mais pas alimentaire. D'après Elzenveiverplatz (l'obèse articulait ce patronyme avec déli-
ces), il faudrait y voir un accident génétique, pro-
grammé avant la naissance. J'ai donc eu raison de
manger n'importe quoi.

— Vous seriez né condamné ?

— Oui, monsieur, comme un vrai héros tragique.
Qu'on vienne encore me parler de la liberté humaine.

— Quand même, vous avez bénéficié d'un sursis de
quatre-vingt-trois ans.

— D'un sursis, exactement.

— Vous ne nierez pas que vous avez été libre, pendant
ces quatre-vingt-trois années ? Par exemple, vous auriez
pu ne pas écrire...

— Est-ce que, par hasard, vous me reprocheriez
d'avoir écrit ?

— Ce n'est pas ce que je voulais dire.

— Ah. Dommage, j'allais commencer à vous estimer.

– Vous ne regrettez tout de même pas d'avoir écrit ?

– Regretter ? Je suis incapable de regretter. Vous voulez un caramel ?

– Non, merci.

Le romancier enfourna un caramel et le mâcha bruyamment.

– Monsieur Tach, avez-vous peur de mourir ?

– Pas du tout. La mort ne doit pas être un grand changement. En revanche, j'ai peur d'avoir mal. Je me suis procuré des stocks de morphine que je pourrai m'injecter tout seul. Moyennant quoi, je n'ai pas peur.

– Croyez-vous à une vie après la mort ?

– Non.

– Alors, vous croyez que la mort est un anéantissement ?

– Comment pourrait-on anéantir ce qui est déjà anéanti ?

– C'est une réponse terrible, ça.

– Ce n'est pas une réponse.

– Je comprends.

– Je vous admire.

– Enfin, je voulais dire que... (le journaliste essaya d'inventer ce qu'il avait voulu dire, feignant d'avoir été gêné par quelque problème de formulation) un romancier est une personne qui pose des questions et non qui y répond.

Silence de mort.

– Enfin, ce n'est pas exactement ce que je voulais dire...

– Non ? Dommage. Je pensais justement que c'était bien.

– Et si nous parlions de votre œuvre à présent ?

– Si vous y tenez.

– Vous n'aimez pas en parler, n'est-ce pas ?

– On ne peut rien vous cacher.

— Comme tous les grands écrivains, vous êtes d'une grande pudeur dès qu'il s'agit de vos écrits.

— Pudeur, moi ? Vous devez vous tromper.

— Vous semblez prendre du plaisir à vous disqualifier. Pourquoi niez-vous que vous êtes pudique ?

— Parce que je ne le suis pas, monsieur.

— Alors, pourquoi répugnez-vous à parler de vos romans ?

— Parce que parler d'un roman n'a aucun sens.

— Il est pourtant passionnant d'entendre un écrivain parler de sa création, dire comment, pourquoi et contre quoi il écrit.

— Si un écrivain parvient à être passionnant à ce sujet, alors il n'y a que deux possibilités : soit il répète tout haut ce qu'il a écrit dans son livre, et c'est un perroquet ; soit il explique des choses intéressantes dont il n'a pas parlé dans son livre, auquel cas ledit livre est raté puisqu'il ne se suffit pas.

— Quand même, bien des grands écrivains ont réussi à parler de leurs livres en évitant ces écueils.

— Vous vous contredisez : il y a deux minutes, vous me racontiez que tous les grands écrivains étaient d'une grande pudeur dès qu'il s'agissait de leurs écrits.

— Mais on peut parler d'une œuvre en en ménageant le secret.

— Ah oui ? Vous avez déjà essayé ?

— Non, mais je ne suis pas écrivain, moi.

— Alors, au nom de quoi me dites-vous ces sornettes ?

— Vous n'êtes pas le premier écrivain que j'interviewe.

— Est-ce que, par hasard, vous oseriez me comparer aux plumitifs que vous interrogez d'habitude ?

— Ce ne sont pas des plumitifs !

— S'ils parviennent à discourir sur leur œuvre tout en

16

étant passionnants et pudiques, pas de doute que ce sont des plumitifs. Comment voulez-vous qu'un écrivain soit pudique ? C'est le métier le plus impudique du monde : à travers le style, les idées, l'histoire, les recherches, les écrivains ne parlent jamais que d'eux-mêmes, et en plus avec des mots. Les peintres et les musiciens aussi parlent d'eux-mêmes, mais avec un langage tellement moins cru que le nôtre. Non, monsieur, les écrivains sont obscènes ; s'ils ne l'étaient pas, ils seraient comptables, conducteurs de train, téléphonistes, ils seraient respectables.

– Soit. Alors, expliquez-moi pourquoi vous êtes si pudique, vous ?

– Qu'est-ce que vous me chantez là ?

– Mais oui. Cela fait soixante ans que vous êtes écrivain à part entière et ceci est votre première interview. Vous ne figurez jamais dans les journaux, vous ne fréquentez aucun cercle littéraire ou non littéraire, à vrai dire, vous ne quittez cet appartement que pour faire des emplettes. On ne vous connaît même aucun ami. Si ce n'est pas de la pudeur, qu'est-ce que c'est ?

– Vos yeux se sont-ils habitués à l'obscurité ? Distinguez-vous mon visage à présent ?

– Oui, vaguement.

– Tant mieux pour vous. Apprenez, monsieur, que si j'étais beau, je ne vivrais pas reclus ici. En fait, si j'avais été beau, je ne serais jamais devenu écrivain. J'aurais été aventurier, marchand d'esclaves, barman, coureur de dots.

– Ainsi, vous établissez un lien entre votre physique et votre vocation ?

– Ce n'est pas une vocation. Ça m'est venu quand j'ai constaté ma laideur.

– Quand l'avez-vous constatée ?

– Très vite. J'ai toujours été laid.

17

– Mais vous n'êtes pas si laid.

– Vous êtes délicat, vous au moins.

– Enfin, vous êtes gros, mais pas laid.

– Qu'est-ce qu'il vous faut ? Quatre mentons, des yeux de cochon, un nez comme une patate, pas plus de poil sur le crâne que sur les joues, la nuque plissée de bourrelets, les joues qui pendent – et, par égard pour vous, je me limite au visage.

– Vous avez toujours été aussi gros ?

– A dix-huit ans, j'étais déjà comme ça – vous pouvez dire obèse, ça ne me vexe pas.

– Oui, obèse, mais on vous regarde sans frémir.

– Je vous accorde que je pourrais être plus répugnant encore : je pourrais être couperosé, verruqueux...

– Or, votre peau est très belle, blanche, nette, on devine qu'elle est douce au toucher.

– Un teint d'eunuque, cher monsieur. Il y a quelque chose de grotesque à avoir une telle peau sur le visage, en particulier sur un visage joufflu et imberbe : en fait, ma tête ressemble à une belle paire de fesses, lisses et molles. C'est une tête qui prête plus à rire qu'à vomir ; parfois, j'aurais préféré prêter à vomir. C'est plus tonique.

– Je n'aurais jamais cru que vous souffriez de votre aspect.

– Je n'en souffre pas. La souffrance est pour les autres, pour ceux qui me voient. Moi, je ne me vois pas. Je ne me regarde jamais dans les miroirs. Je souffrirais si j'avais choisi une autre vie ; pour la vie que je mène, ce corps me convient.

– Auriez-vous préféré choisir une autre vie ?

– Je ne sais pas. Il m'arrive de penser que toutes les vies se valent. Ce qui est certain, c'est que je n'ai pas de regret. Si j'avais à nouveau dix-huit ans et le même corps, je recommencerais, je reproduirais exactement ce que j'ai vécu – pour autant que j'aie vécu.

– Écrire, ce n'est pas vivre ?

– Je suis mal placé pour répondre à cette question. Je n'ai jamais rien connu d'autre.

– Vingt-deux romans de vous ont déjà été édités, et d'après ce que vous me dites il y en aura plus encore. Parmi la foule de personnages qui animent cette œuvre immense, y en a-t-il un auquel vous ressemblez plus particulièrement ?

– Aucun.

– Vraiment ? Je vais vous faire un aveu : il y a un de vos personnages qui me paraît votre sosie.

– Ah.

– Oui, le mystérieux vendeur de cire, dans *La Crucifixion sans peine.*

– Lui ? Quelle idée absurde.

– Je vais vous dire pourquoi : quand c'est lui qui parle, vous écrivez toujours « crucifiction ».

– Et alors ?

– Il n'est pas dupe. Il sait que c'est une fiction.

– Le lecteur aussi le sait. Il ne me ressemble pas pour autant.

– Et cette manie qu'il a de faire des moulages de cire des visages des crucifiés – c'est vous, n'est-ce pas ?

– Je n'ai jamais fait de moulages de crucifiés, je vous assure.

– Naturellement, mais c'est la métaphore de ce que vous faites.

– Que savez-vous des métaphores, jeune homme ?

– Mais... ce que tout le monde en sait.

– Excellente réponse. Les gens ne savent rien des métaphores. C'est un mot qui se vend bien, parce qu'il a fière allure. « Métaphore » : le dernier des illettrés sent que ça vient du grec. Un chic fou, ces étymologies

19

bidon – bidon, vraiment : quand on connaît l'effroyable polysémie de la préposition *meta* et les neutralités factotum du verbe *phero*, on devrait, pour être de bonne foi, conclure que le mot « métaphore » signifie absolument n'importe quoi. D'ailleurs, à entendre l'usage qui en est fait, on arrive à des conclusions identiques.

– Que voulez-vous dire ?

– Ce que j'ai dit, très exactement. Je ne m'exprime pas par métaphores, moi.

– Mais ces moulages de cire, alors ?

– Ces moulages de cire sont des moulages de cire, monsieur.

– A mon tour d'être déçu, monsieur Tach, car si vous excluez toute interprétation métaphorique, il ne reste de vos œuvres que leur mauvais goût.

– Il y a mauvais goût et mauvais goût : il y a le mauvais goût sain et régénérant qui consiste à créer des horreurs à des fins salubres, purgatives, gaies et mâles comme un vomissement bien géré ; et puis il y a l'autre mauvais goût, apostolique, qui, offusqué par ce joli dégueulis, a besoin d'une combinaison étanche pour s'y frayer un passage. Ce scaphandrier, c'est la métaphore, qui permet au métaphorien soulagé de s'exclamer : « J'ai traversé Tach de part en part et je ne me suis pas sali ! »

– Mais, cela aussi, c'est une métaphore.

– Forcément : j'essaie de défoncer la métaphore avec ses propres armes. Si j'avais voulu jouer au messie, si j'avais dû galvaniser des foules, j'aurais crié : « Conscrits, ralliez-vous à mon office rédempteur ; métaphorisons les métaphores, amalgamons les métaphores, montons-les en neige, faisons-en un soufflé et que ce soufflé gonfle, qu'il gonfle à merveille, qu'il culmine – et qu'enfin il explose, conscrits, qu'il retombe et s'affaisse et déçoive les convives, pour notre plus grande joie ! »

– Un écrivain qui hait les métaphores, c'est aussi absurde qu'un banquier qui haïrait l'argent.

– Je suis sûr que les grands banquiers haïssent l'argent. Rien d'absurde là-dedans, au contraire.

– Et les mots, pourtant, vous les aimez ?

– Ah, j'adore les mots, mais ça n'a rien à voir. Les mots, ce sont les belles matières, les ingrédients sacrés.

– Alors la métaphore, c'est la cuisine – et vous aimez la cuisine.

– Non, monsieur, la métaphore n'est pas la cuisine – la cuisine, c'est la syntaxe. La métaphore, c'est la mauvaise foi ; c'est mordre dans une tomate et affirmer que cette tomate a le goût du miel, ensuite manger du miel et affirmer que ce miel a le goût du gingembre, puis croquer du gingembre et affirmer que ce gingembre a le goût de la salsepareille, après quoi...

– Oui, j'ai compris, inutile de continuer.

– Non, vous n'avez pas compris : pour vous faire comprendre ce qu'est réellement une métaphore, je devrais continuer ce petit jeu pendant des heures, parce que les métaphoriens, eux, n'arrêtent jamais, ils continuent aussi longtemps qu'un bienfaiteur ne leur a pas cassé la gueule.

– Le bienfaiteur, c'est vous, j'imagine ?

– Non. J'ai toujours été un peu trop mou et gentil.

– Gentil, vous ?

– Effroyablement. Je ne connais personne d'aussi gentil que moi. Cette gentillesse est effroyable car ce n'est jamais par gentillesse que je suis gentil, c'est par lassitude et surtout par peur de l'exaspération. Je suis prompt à m'exaspérer et je vis très mal ces exaspérations, alors je les évite comme la peste.

– Vous méprisez la gentillesse ?

– Vous ne comprenez rien à ce que je raconte. J'admire la gentillesse qui a pour origine la gentillesse ou l'amour. Mais connaissez-vous beaucoup de gens qui la pratiquent, cette gentillesse-là ? Dans l'immense majorité des cas, quand les humains sont gentils, c'est pour qu'on leur fiche la paix.

– Admettons. Ceci ne me dit toujours pas pourquoi le vendeur de cire faisait des moulages de crucifiés.

– Pourquoi pas ? Il n'y a pas de sot métier. Vous êtes bien journaliste, vous. Est-ce que je vous demande pourquoi ?

– Vous le pouvez. Je suis journaliste parce qu'il y a une demande, parce que des gens s'intéressent à mes articles, parce qu'on me les achète, parce que cela me permet de communiquer une information.

– A votre place, je ne m'en vanterais pas.

– Enfin, monsieur Tach, il faut bien vivre !

– Vous trouvez ?

– C'est ce que vous faites, non ?

– Ça reste à prouver.

– C'est ce que fait votre vendeur de cire, en tout cas.

– Vous y tenez, à ce brave vendeur de cire. Pourquoi fait-il des moulages de crucifiés ? Pour des raisons que je suppose inverses aux vôtres : parce qu'il n'y a pas de demande, parce que ça n'intéresse pas les gens, parce qu'on ne les lui achète pas, parce que ça lui permet de ne communiquer aucune information.

– Une expression de l'absurde, alors ?

– Pas plus absurde que ce que vous faites, si vous voulez mon avis – mais le voulez-vous ?

– Bien sûr, je suis journaliste.

– Précisément.

– Pourquoi cette agressivité envers les journalistes ?

– Pas envers les journalistes, envers vous.

– Qu'ai-je fait pour mériter cela ?

– C'est le comble. Vous n'avez pas cessé de m'injurier, de me traiter de métaphorien, de me taxer de mauvais goût, de dire que je n'étais pas « si » laid, d'importuner le vendeur de cire et, pire que tout, de prétendre me comprendre.

– Mais... qu'aurais-je dû dire d'autre ?

– Ça, c'est votre métier, pas le mien. Quand on est bête comme vous, on ne vient pas harceler Prétextat Tach.

– Vous m'y aviez autorisé.

– Certainement pas. C'est encore cette andouille de Gravelin, qui n'a aucun sens du discernement.

– Au début, vous disiez que c'était un excellent homme.

– Ça n'exclut pas la bêtise.

– Allons, monsieur Tach, ne vous faites pas plus désagréable que vous ne l'êtes.

– Grossier personnage ! Sortez immédiatement !

– Mais... l'interview commence à peine.

– Elle n'a que trop duré, malappris ! Disparaissez ! Et dites à vos confrères qu'on doit le respect à Prétextat Tach !

Le journaliste déguerpit, la queue entre les jambes.

Ses collègues prenaient un verre au café d'en face et ne s'attendaient pas à le voir sortir si tôt ; ils lui firent signe. Le malheureux, verdâtre, vint s'écrouler parmi eux.

Après avoir commandé un triple porto flip, il trouva la force de leur raconter sa mésaventure. A cause de la peur, il exhalait une odeur épouvantable, qui avait dû être celle de Jonas émergeant de son séjour cétacé. Ses interlocuteurs en étaient incommodés. Eut-il conscience de ce remugle ? Lui-même évoqua Jonas :

23

– Le ventre de la baleine ! Je vous assure, tout y était ! L'obscurité, la laideur, la peur, la claustrophobie...

– La puanteur ? risqua un confrère.

– C'est la seule chose qui manquait. Mais lui ! Lui ! Un vrai viscère, ce type ! Lisse comme un foie, gonflé comme son estomac doit l'être ! Perfide comme une rate, amer comme une vésicule biliaire ! Par son simple regard, je sentais qu'il me digérait, qu'il me dissolvait dans les sucs de son métabolisme totalitaire !

– Allons, tu en rajoutes !

– Au contraire, je ne trouverai jamais d'expression assez forte. Si vous aviez vu sa colère finale ! Je n'ai jamais vu colère si effrayante : à la fois subite et parfaitement maîtrisée. De la part de ce gros tas, je me serais attendu à des rougeurs, des boursouflures, des difficultés à respirer, des transpirations haineuses. Pas du tout, la fulgurance de cette rage n'avait d'égale que sa frigidité. La voix avec laquelle il m'a ordonné de sortir ! Dans mes fantasmes, c'est ainsi que parlaient les empereurs chinois quand ils commandaient une décollation immédiate.

– En tout cas, il t'a donné l'occasion de jouer les héros.

– Vous croyez ça ? Je ne me suis jamais senti si lamentable.

Il avala le porto flip et éclata en sanglots.

– Allons, ce n'est pas la première fois qu'on traite un journaliste d'andouille !

– Oh, on m'a déjà sorti bien pire. Mais là – la manière dont il le disait, ce visage lisse et glacial de mépris –, c'était très convaincant !

– Tu permets qu'on écoute l'enregistrement ?

Dans un silence religieux, le magnétophone déroula sa vérité, forcément partielle puisque amputée du faciès placide, de l'obscurité, des grosses mains inexpressives, de l'immobilité générale, de tous ces éléments qui avaient contribué à faire puer de peur le pauvre homme. Quand ils eurent fini d'écouter, les collègues, chiens comme des humains, ne manquèrent pas de donner raison au romancier, de l'admirer, et chacun y alla de son petit commentaire, sermonnant la victime :

– Ça, mon vieux, tu l'as cherché ! Tu lui as parlé littérature comme un manuel scolaire. Je comprends sa réaction.

– Pourquoi as-tu voulu l'identifier à l'un de ses personnages ? C'est tellement primaire.

– Et ces questions biographiques, ça n'intéresse plus personne. Tu n'as pas lu Proust, *Contre Sainte-Beuve* ?

– La gaffe, aller lui dire que tu as l'habitude d'interviewer des écrivains !

– L'indélicatesse, lui sortir qu'il n'est pas si laid ! Un peu de savoir-vivre, mon pauvre vieux !

– Et puis la métaphore ! Là, il t'a bien eu. Je ne veux pas te faire de peine, mais tu l'as mérité.

– Franchement, parler de l'absurde à un génie tel que Tach ! Quelle tarte à la crème !

– En tout cas, une chose ressort clairement de ton interview ratée : ce type est formidable ! Quelle intelligence !

– Quelle éloquence !

– Quelle finesse chez cet obèse !

– Quelle concision dans la méchanceté !

– Vous reconnaissez au moins qu'il est méchant ? s'écria le malheureux, s'agrippant à cela comme à une dernière planche de salut.

– Pas assez, si tu veux mon avis.

– Je l'ai même trouvé bonhomme avec toi.

– Et drôle. Quand tu as été – excuse-moi – assez niais pour lui dire que tu le comprenais, il aurait pu, en toute légitimité, te sortir une injure bien sonnée. Lui s'est contenté de répliquer avec un humour et un second degré que tu sembles n'avoir même pas été capable de déceler.

— *Margaritas ante porcos.*

C'était la curée. La victime commanda à nouveau un triple porto flip.

Prétextat Tach, lui, préférait les alexandra. Il buvait peu mais quand il voulait s'imbiber un rien, c'était toujours à l'alexandra. Il tenait à se les préparer lui-même, car il ne faisait pas confiance aux proportions des autres. Cet obèse intransigeant avait coutume de répéter, jouissant de hargne, un adage de son cru : « On mesure la mauvaise foi d'un individu à sa manière de doser un alexandra. »

Si l'on appliquait cet axiome à Tach lui-même, on était acculé à conclure qu'il était l'incarnation de la bonne foi. Une seule gorgée de son alexandra eût suffi à mettre knock-out le lauréat d'un concours d'absorption de jaunes d'œufs crus ou de lait concentré sucré. Le romancier en digérait des hanaps sans l'ombre d'une indisposition. A Gravelin qui s'en émerveillait, il avait dit : « Je suis le Mithridate de l'alexandra.

— Mais peut-on encore parler d'alexandra ? avait répliqué Ernest.

— C'est la quintessence de l'alexandra, dont la pègre ne connaîtra jamais que d'indignes dilutions. »

A d'aussi augustes sentences, il n'y a rien à ajouter.

– Monsieur Tach, avant toute chose, je tiens à vous présenter les excuses de la profession entière au nom de ce qui s'est passé hier.

– Que s'est-il donc passé hier ?

– Eh bien, ce journaliste qui nous a déshonorés en vous importunant.

– Ah, je me souviens. Un garçon bien sympathique. Quand le reverrai-je ?

– Jamais, rassurez-vous. Si cela peut vous faire plaisir, il est malade comme un chien aujourd'hui.

– Le pauvre garçon ! Que lui est-il arrivé ?

– Trop de porto flip.

– J'ai toujours su que le porto flip était une crasse. Si j'avais eu connaissance de son goût pour les breuvages revigorants, je lui aurais préparé un bon alexandra : rien de tel pour le métabolisme. Voulez-vous un alexandra, jeune homme ?

– Jamais pendant le service, merci.

Le journaliste ne remarqua pas le regard de suspicion intense que lui valut ce refus.

– Monsieur Tach, il ne faut pas en vouloir à notre collègue d'hier. Rares sont les journalistes, il faut bien le dire, qui ont été formés à rencontrer des êtres tels que vous...

– Il ne manquerait plus que ça. Former de braves

gens à me rencontrer ! Une discipline qui s'appellerait « l'Art d'aborder les génies » ! Quelle horreur !

— N'est-ce pas ? J'en conclus que vous n'en voulez pas à notre confrère. Merci pour votre indulgence.

— Vous êtes venu pour me parler de votre collègue ou pour me parler de moi ?

— De vous, bien sûr, ce n'était qu'un préambule.

— Dommage. Ma foi, cette perspective m'accable tant que j'ai besoin d'un alexandra. Veuillez attendre quelques instants – c'est de votre faute, après tout, vous n'aviez qu'à ne pas me parler d'alexandra, vous m'en avez donné envie avec vos histoires.

— Mais je ne vous ai pas parlé d'alexandra !

— Ne soyez pas de mauvaise foi, jeune homme. Je ne supporte pas la mauvaise foi. Vous ne voulez toujours pas de mon breuvage ?

Il ne se rendit pas compte que Tach lui tendait la perche de la dernière chance, et il la laissa passer. Haussant ses grosses épaules, le romancier dirigea son fauteuil roulant vers une sorte de cercueil dont il souleva le couvercle, dévoilant des bouteilles, des boîtes de conserve et des hanaps.

— C'est une bière mérovingienne, expliqua l'obèse, que j'ai aménagée en bar.

Il s'empara de l'une des grandes coupes métalliques, y versa une belle dose de crème de cacao, puis de cognac. Ensuite, il eut un regard futé pour le journaliste.

— Et maintenant, vous allez connaître le secret du chef. Le commun des mortels incorpore un dernier tiers de crème fraîche. Je trouve ça un peu lourd, alors j'ai remplacé cette crème par une dose équivalente de... (il empoigna une boîte de conserve) lait concentré sucré (il joignit le geste à la parole).

— Mais ce doit être atrocement écœurant ! s'exclama le journaliste, aggravant son cas.

– Cette année, l'hiver est doux. Quand il est rude, j'agrémente mon alexandra d'une grosse noix de beurre fondu.

– Pardon ?

– Oui. Le lait concentré est moins gras que la crème, alors il faut compenser. En fait, comme nous sommes quand même le 15 janvier, j'aurais théoriquement droit à ce beurre, mais il faudrait pour cela que j'aille à la cuisine et que je vous laisse seul, ce qui serait inconvenant. Je me passerai donc de beurre.

– Je vous en prie, ne vous gênez pas pour moi.

– Non, tant pis. En l'honneur de l'ultimatum qui expire ce soir, je me priverai de beurre.

– Vous vous sentez concerné par la crise du Golfe ?

– Au point de ne pas ajouter de beurre dans mon alexandra.

– Vous suivez les nouvelles à la télévision ?

– Entre deux séquences de publicités, il m'arrive de subir quelques informations.

– Que pensez-vous de la crise du Golfe ?

– Rien.

– Mais encore ?

– Rien.

– Cela vous est indifférent ?

– Pas du tout. Mais ce que je pourrais en penser n'a aucun sens. Ce n'est pas à un obèse impotent qu'il faut demander son opinion sur cette crise. Je ne suis ni général ni pacifiste ni pompiste ni irakien. En revanche, si vous m'interrogez sur l'alexandra, je serai brillant.

Pour conclure cette belle envolée, le romancier porta le hanap à ses lèvres et avala quelques goulées goulues.

– Pourquoi buvez-vous dans du métal ?

– Je n'aime pas la transparence. C'est aussi l'une des raisons pour lesquelles je suis si gros : j'aime qu'on ne voie pas à travers moi.

– A ce propos, monsieur Tach, j'ai envie de vous poser la question que tous les journalistes aimeraient vous poser mais qu'aucun n'oserait vous poser.

– Combien je pèse ?

– Non, ce que vous mangez. On sait que cela occupe une place immense dans votre vie. La gastronomie et sa conséquence naturelle, la digestion, sont au cœur de certains de vos romans récents comme *Apologétique de la dyspepsie*, œuvre qui me semble receler un condensé de vos préoccupations métaphysiques.

– C'est exact. Je considère que la métaphysique est le mode d'expression privilégié du métabolisme. Dans le même ordre d'idées, puisque le métabolisme se divise en anabolisme et en catabolisme, j'ai scindé la métaphysique en anaphysique et en cataphysique. Il ne faut pas y voir une tension dualiste mais les deux phases obligées et, ce qui est plus inconfortable, simultanées d'un processus de pensée voué à la trivialité.

– Ne faut-il pas y voir aussi une allusion à Jarry et à la pataphysique ?

– Non, monsieur. Je suis un écrivain sérieux, moi, répondit le vieillard sur un ton glacial, avant de s'imbiber à nouveau d'alexandra.

– Donc, monsieur Tach, si vous le voulez bien, pourriez-vous ébaucher les étapes digestives d'une de vos journées habituelles ?

Il y eut un silence solennel, pendant lequel le romancier sembla réfléchir. Puis il commença à parler, très grave, comme s'il révélait un dogme secret :

– Le matin, je me réveille vers 8 heures. Tout d'abord, je vais aux waters vider ma vessie et mes intestins. Désirez-vous des détails ?

– Non, je crois que cela suffira.

– Tant mieux, parce que c'est une étape certes indispensable dans le processus digestif, mais absolument dégueulasse, vous pouvez m'en croire.

– Je vous crois sur parole.

– Heureux ceux qui croient sans avoir vu. Après m'être talqué, je vais m'habiller.

– Vous portez toujours ce peignoir d'intérieur ?

– Oui, sauf quand je sors faire les courses.

– Votre infirmité ne vous dérange pas pour ces opérations ?

– J'ai eu le temps de m'y habituer. Ensuite, je me dirige vers la cuisine et je prépare le petit déjeuner. Avant, quand je passais mes journées à écrire, je ne cuisinais pas, je mangeais des nourritures frustes, comme des tripes froides...

– Des tripes froides le matin ?

– Je comprends votre étonnement. Il faut bien vous dire qu'à cette époque, écrire était l'essentiel de mes préoccupations. Mais aujourd'hui il me répugnerait de manger des tripes froides le matin. Depuis vingt ans, j'ai pris l'habitude de me les faire rissoler pendant une demi-heure, dans de la graisse d'oie.

– Des tripes à la graisse d'oie au petit déjeuner ?

– C'est excellent.

– Et avec ça, un alexandra ?

– Non, jamais en mangeant. Du temps où j'écrivais, je prenais un café fort. A présent, je préfère un lait de poule. Ensuite, je sors faire les commissions et je passe la matinée à me mitonner des mets raffinés pour le déjeuner : beignets de cervelle, rognons en daube...

– Des desserts compliqués ?

– Rarement. Je ne bois que du sucré, alors je n'ai pas tellement envie de dessert. Et puis, entre les repas, je prends parfois des caramels. Quand j'étais jeune, je préférais les caramels écossais, exceptionnellement durs. Hélas, avec l'âge, j'ai dû me rabattre sur les caramels mous, au demeurant excellents. Je prétends que rien ne peut remplacer cette impression d'enlisement sensuel concomitant à la paralysie des mâchoires provoquée par la mastication des English toffees... Notez ce que je viens de dire, il me semble que ça sonnait bien.

— Inutile, tout est enregistré.

— Comment ? Mais c'est malhonnête ! Je ne peux même pas dire de bêtises, alors ?

— Vous n'en dites jamais, monsieur Tach.

— Vous êtes flatteur comme un sycophante, monsieur.

— Je vous en prie, poursuivez donc votre chemin de croix digestif.

— Mon chemin de croix digestif ? Bien trouvé, ça. Ne l'auriez-vous pas piqué dans l'un de mes romans ?

— Non, c'est de moi.

— Ça m'étonnerait. On jurerait du Prétextat Tach. Il y eut un temps où je connaissais mes œuvres par cœur... Hélas, on a l'âge de sa mémoire, n'est-ce pas ? Et non de ses artères, comme disent les imbéciles. Voyons, « chemin de croix digestif », où donc ai-je écrit ça ?

— Monsieur Tach, quand bien même vous l'auriez écrit, je n'en aurais pas moins de mérite à l'avoir dit, vu que...

Le journaliste s'arrêta en se mordant les lèvres.

— ... vu que vous n'avez jamais rien lu de moi, n'est-ce pas ? Merci, jeune homme, c'est tout ce que je voulais savoir. Qui êtes-vous pour avaler une sornette aussi énorme ? Moi, inventer une expression aussi médiocre, aussi clinquante que « chemin de croix digestif » ? C'est du niveau d'un théologien de seconde zone comme vous. Enfin, je constate avec un soulagement un peu sénile que le monde littéraire n'a pas changé : c'est encore et toujours le triomphe de ceux qui font semblant d'avoir lu Machin. Seulement, à votre époque, vous n'avez plus de mérite : il existe aujourd'hui des brochures qui permet-

32

tent à des analphabètes de parler des grands auteurs avec toutes les apparences d'une culture moyenne. C'est d'ailleurs là où vous vous trompez : je considère comme un mérite le fait de ne pas m'avoir lu. J'aurais une chaleureuse admiration pour le journaliste qui viendrait m'interroger sans même savoir qui je suis, et qui ne cacherait pas cette ignorance. Mais ne rien savoir de moi à part ces espèces de milk-shakes déshydratés – « Rajoutez de l'eau et vous obtiendrez un milk-shake prêt à l'emploi » –, peut-on imaginer plus médiocre ?

– Essayez de comprendre. Nous sommes le 15 et la nouvelle de votre cancer est tombée le 10. Vous avez déjà édité vingt-deux gros romans, il aurait été impossible de les lire en si peu de temps, surtout en cette période tourmentée où nous guettons les moindres informations du Moyen-Orient.

– La crise du Golfe est plus intéressante que mon cadavre, je vous l'accorde. Mais le temps que vous avez passé à potasser les brochures qui me résument, vous auriez été mieux inspiré de le consacrer à lire ne serait-ce que dix pages d'un de mes vingt-deux livres.

– Je vais vous faire un aveu.

– Inutile, j'ai compris : vous avez essayé et vous avez démissionné avant même d'avoir atteint la page 10, c'est ça ? Je l'ai deviné depuis que je vous ai vu. Je reconnais à l'instant les gens qui m'ont lu : ça se lit sur leur visage. Vous, vous n'aviez l'air ni accablé, ni guilleret, ni gros, ni maigre, ni extatique : vous aviez l'air sain. Vous ne m'aviez donc pas plus lu que votre collègue d'hier. C'est d'ailleurs la raison pour laquelle, en dépit de tout, j'ai encore des traces de sympathie pour vous. J'en ai d'autant plus que vous avez abandonné avant la page 10 : ça dénote une force de caractère dont je n'ai jamais été capable. En outre, la tentative d'aveu – superflu – vous honore. En fait, je vous eusse pris en grippe si, m'ayant bel et bien lu, vous fussiez tel que je vous vois. Mais trêve de subjonctifs risibles. Nous en étions à ma digestion, si j'ai bonne mémoire.

– C'est cela. Aux caramels, plus précisément.

– Eh bien, quand j'ai achevé le déjeuner, je prends la direction du fumoir. C'est l'un des sommets de la journée. Je ne tolère vos interviews que le matin, car l'après-midi, je fume jusqu'à 17 heures.

– Pourquoi jusqu'à 17 heures ?

– A 17 heures arrive cette stupide infirmière qui croit utile de me laver de pied en cap : encore une idée de Gravelin. Un bain quotidien, vous vous rendez compte ? *Vanitas vanitatum sed omnia vanitas.* Alors, je me venge comme je peux, je m'arrange à puer le plus possible pour incommoder cette oie blanche, je truffe mon déjeuner de gousses d'ail entières, m'inventant des complications circulatoires, et puis je fume comme un Turc jusqu'à l'intrusion de ma lavandière.

Il eut un rire ignoble.

– Ne me dites pas que vous fumez autant dans l'unique but d'asphyxier cette malheureuse ?

– Cè serait une raison suffisante, mais la vérité, c'est que j'adore fumer le cigare. Si je ne choisissais pas de fumer à ces heures-là, il n'y aurait rien de pernicieux à cette activité – je dis bien activité, car pour moi, fumer est une occupation à part entière, pendant laquelle je ne tolère aucune visite, aucune diversion.

– C'est très intéressant, monsieur Tach, mais ne nous égarons pas : vos cigares ne concernent pas votre digestion.

– Vous croyez ? Je n'en suis pas si sûr. Enfin, si ça ne vous intéresse pas... Et mon bain, ça vous intéresse ?

– Non, à moins que vous ne mangiez le savon ou buviez l'eau de rinçage.

– Vous vous rendez compte que cette salope me met

à poil, frotte mes bourrelets, douche mon arrière-train ? Je suis sûr que ça la fait jouir, de mariner un obèse sans défense, nu et imberbe. Ces infirmières sont toutes des obsédées. C'est pour ça qu'elles choisissent ce sale métier.

– Monsieur Tach, je crois que nous nous égarons à nouveau...

– Je ne suis pas d'accord. Cet épisode quotidien est si pervers que ma digestion en est perturbée. Rendez-vous compte ! Je suis seul et nu comme un ver dans la flotte, humilié, monstrueusement adipeux devant cette créature vêtue, qui chaque jour me déshabille avec cette expression hypocritement professionnelle pour dissimuler qu'elle trempe sa culotte, si tant est que cette chienne en porte une, et quand elle rentre à l'hôpital, je suis sûr qu'elle raconte les détails à ses copines – des salopes, elles aussi – et peut-être même qu'elles...

– Monsieur Tach, je vous en prie !

– Ça, mon cher, ça vous apprendra à m'enregistrer. Si vous preniez des notes comme un journaliste honnête, vous pourriez censurer les horreurs séniles que je vous raconte. En revanche, avec votre machine, pas moyen de faire le tri entre mes perles et mes cochonneries.

– Et après le départ de l'infirmière ?

– Après, déjà ? Vous allez vite en besogne. Après, il est passé 18 heures. La salope m'a mis en pyjama, comme les bébés qu'on lave et qu'on emballe dans une barboteuse avant de leur donner leur dernier biberon. A cette heure-là, je me sens tellement infantile que je joue.

– Vous jouez ? A quoi ?

– A n'importe quoi. Je fais des parcours avec ma chaise roulante, j'organise un slalom, je joue aux flé-chettes – regardez le mur, derrière vous, vous verrez les dégâts – ou alors, suprême délice, je déchire les mau-vaises pages des classiques.

– Comment ?

– Oui, j'expurge. *La Princesse de Clèves*, par exemple : voilà un roman excellent mais beaucoup trop long. Je suppose que vous ne l'avez pas lu, alors je vous recommande la version raccourcie par mes soins : un chef-d'œuvre, une quintessence.

– Monsieur Tach, que diriez-vous si, dans trois siècles, on arrachait à vos romans des pages jugées superflues ?

– Je vous mets au défi de trouver une page superflue dans mes livres.

– Madame de La Fayette vous eût dit la même chose.

– Vous n'allez pas me comparer à cette midinette ?

– Mais enfin, monsieur Tach...

– Voulez-vous connaître mon rêve secret ? Un autodafé. Un bel autodafé de mon œuvre entière ! Ça vous la coupe, hein ?

– Bien. Et après ces divertissements ?

– Vous êtes obsédé par la nourriture, ma parole ! Dès que je vous parle d'autre chose, vous me ramenez à la bouffe.

– Cela ne m'obsède pas du tout, mais nous avions commencé sur ce sujet, alors, il faut aller jusqu'au bout.

– Ça ne vous obsède pas ? Vous me décevez, jeune homme. Parlons donc bouffe, puisque ça ne vous obsède pas. Quand j'ai bien expurgé, bien lancé mes fléchettes, bien slalomé, bien joué, quand ces activités éducatives m'ont fait oublier l'horreur du bain, j'allume la télévision, comme les petits enfants qui regardent leurs émissions débiles avant leur panade ou leurs nouilles alphabétiques. A cette heure-là, c'est très intéressant. Il y a des publicités à n'en plus finir, surtout des publicités alimentaires. Je zappe de manière à me constituer la séquence publicitaire la plus longue du monde : avec les seize chaînes européennes, il est tout à fait possible, en zappant intelligemment d'avoir une demi-heure de réclames sans interruption. C'est un merveilleux opéra multilingue : le shampooing hollandais, les biscuits italiens, la lessive biologique allemande, le beurre français, etc. Je me régale. Quand les programmes deviennent stupides, j'éteins. Mis en appétit par la centaine de publicités que j'ai vues, j'entreprends de me nourrir. Vous êtes content, hein ? Vous auriez dû voir votre tête, quand je faisais semblant de m'égarer à nouveau. Rassurez-vous, vous l'aurez, votre scoop. Mais le soir, je mange assez léger. Je me contente de choses froides, telles que des rillettes, du gras figé, du lard cru, l'huile d'une boîte de sardines – les sardines, je n'aime pas tellement, mais elles parfument l'huile : je jette les sardines, je garde le jus, je le bois nature. Juste ciel, qu'avez-vous ?

– Rien. Continuez, je vous prie.

– Vous avez mauvaise mine, je vous assure. Avec ça, je bois un bouillon très gras que je prépare à l'avance : je fais bouillir pendant des heures des couennes, des pieds de porc, des croupions de poulet, des os à moelle avec une carotte. J'ajoute une louche de saindoux, j'enlève la carotte et je laisse refroidir durant vingt-quatre heures. En effet, j'aime boire ce bouillon quand il est froid, quand la graisse s'est durcie et forme un couvercle qui rend les lèvres luisantes. Mais ne vous en faites pas, je ne gaspille rien, n'allez pas croire que je jette les délicates viandes. Après cette longue ébullition, elles ont gagné en onctuosité ce qu'elles ont perdu en suc : c'est un régal que ces croupions de poulet dont le gras jaune a acquis une consistance spongieuse... Qu'avez-vous donc ?

– Je... je ne sais pas. De la claustrophobie, peut-être. Ne pourrait-on pas ouvrir une fenêtre ?

– Ouvrir une fenêtre, un 15 janvier ? Vous n'y pensez

pas. Cet oxygène vous tuerait. Non, je sais ce qu'il faut dans votre cas.

– Permettez que je sorte un instant.

– Pas question, restez au chaud. Je vais vous préparer un alexandra à ma façon, avec du beurre fondu.

A ces mots, le teint livide du journaliste vira au vert : il décampa en courant, plié en deux, la main sur la bouche.

Tach roula pleins gaz jusqu'à la fenêtre qui donnait sur la rue et eut la satisfaction intense de contempler le malheureux vomir à genoux, terrassé.

L'obèse murmura dans ses quatre mentons, en jubilant :

– Quand on est une petite nature, on ne vient pas se mesurer à Prétextat Tach.

Occulté derrière le rideau de voile, il pouvait se livrer au délice de voir sans être vu, et il vit deux hommes jaillir du café d'en face et se précipiter vers leur collègue qui, les entrailles vidées, gisait à même le trottoir à côté de son magnétophone qu'il n'avait pas éteint : il avait donc enregistré le bruit du vomissement.

Étendu sur une banquette du bistrot, le journaliste se remettait tant bien que mal. Il répétait parfois, l'œil torve :

– Ne plus manger... Ne plus jamais manger...

On lui fit boire un peu d'eau tiède qu'il examina avec suspicion. Les confrères voulurent écouter la bande ; il s'interposa :

– Pas en ma présence, je vous en supplie.

On téléphona à l'épouse de la victime qui vint le chercher en voiture ; quand il eut déserté, on put enfin mettre le magnétophone en marche. Les propos de l'écrivain suscitèrent dégoût, rire et enthousiasme :

– Ce type est une mine d'or. Voilà ce que j'appelle une nature.

– Il est merveilleusement abject.

– En voilà au moins un qui échappe à la soft idéologie.

– Et à l'idéologie light !

– Il a une manière de désarçonner l'adversaire !

– Il est très fort. Je n'en dirais pas autant de notre ami. Il est vraiment tombé dans tous les pièges.

– Je ne voudrais pas médire d'un absent, mais quel besoin d'aller lui poser ces questions alimentaires ! Je comprends que le gros ne se soit pas laissé faire. Quand on a la chance d'interroger un tel génie, on ne lui parle pas de bouffe.

En leur for intérieur, les journalistes étaient enchantés de ne pas avoir dû passer en premier ou en deuxième lieu. Dans le secret de leur bonne foi, ils savaient que, s'ils avaient été à la place des deux malheureux, ils eussent abordé les mêmes sujets, certes stupides, mais obligés, et ils étaient ravis de ne plus avoir à se charger de ce sale boulot : on leur laissait le beau rôle et ils en profiteraient, ce qui ne les empêchait pas de s'amuser un peu aux dépens des victimes.

Ainsi, en cette journée terrible où le monde entier tremblait à l'idée de la guerre imminente, un vieillard adipeux, paralytique et désarmé avait réussi à détourner du Golfe l'attention d'une poignée de prêtres médiatiques. Il y en eut même un qui, en cette nuit de toutes les insomnies, se coucha à jeun et dormit du sommeil lourd et épuisant des hépatiques, sans la moindre pensée pour ceux qui allaient mourir.

Tach exploitait à fond les ressources peu connues de l'écœurement. Le gras lui servait de napalm, l'alexandra d'arme chimique. Ce soir-là, il se frotta les mains comme un stratège heureux.

– Alors, la guerre a commencé ?

– Pas encore, monsieur Tach.

– Elle va commencer, quand même ?

– A vous entendre, on croirait que vous l'espérez.

– J'ai horreur des promesses non tenues. Une bande de rigolos nous a promis une guerre pour le 15 à minuit. Nous sommes le 16 et il ne s'est rien passé. On se fout de la gueule de qui ? Des milliards de téléspectateurs sont aux aguets.

– Êtes-vous pour cette guerre, monsieur Tach ?

– Aimer la guerre ! Énorme ! Comment peut-on aimer la guerre ? Quelle question ridicule et inutile ! Vous en connaissez, vous, des gens qui aiment la guerre ? Pourquoi ne pas me demander si je mange du napalm au petit déjeuner, tant que vous y êtes ?

– Sur le chapitre de votre alimentation, nous sommes déjà fixés.

– Ah ? Parce que vous vous espionnez les uns les autres, en plus ? Vous laissez faire le sale boulot par des malheureux et puis vous vous régalez, hein ? C'est du joli. Et vous vous croyez peut-être plus intelligent parce que vous me posez des questions brillantes, du style : « Êtes-vous pour la guerre ? » Et moi, j'aurai été un écrivain de génie, universellement admiré, j'aurai reçu le prix Nobel de littérature, tout ça pour qu'un

blanc-bec vienne me lanciner de questions quasi tauto-
logiques, auxquelles le dernier des imbéciles fournirait
une réponse identique à la mienne !

– Bien. Donc vous n'aimez pas la guerre, mais vous
voulez qu'elle ait lieu ?

– Dans l'état actuel des choses, c'est une nécessité.
Tous ces petits cons de soldats bandent. Il faut leur
donner l'occasion d'éjaculer, sinon ils auront des
boutons et ils reviendront en pleurant chez leur maman.
Décevoir les jeunes, c'est moche.

– Vous aimez les jeunes, monsieur Tach ?

– Vous avez le talent de poser des questions brillantes
et inédites, vous alors ! Oui, figurez-vous, j'adore les
jeunes.

– C'est inattendu, cela. Vous connaissant, j'aurais
imaginé que vous ne pouviez les sentir.

– « Vous connaissant » ! Pour qui vous prenez-vous ?

– Enfin, connaissant votre réputation...

– C'est quoi, ma réputation ?

– Ma foi... c'est difficile à dire.

– Ouais. Par indulgence pour vous, je n'insisterai pas.

– Ainsi, vous aimez les jeunes ? Pour quelles raisons ?

– J'aime les jeunes parce qu'ils sont tout ce que je
ne suis pas. A ce titre, ils méritent tendresse et admiration.

– Voici une réponse bouleversante, monsieur Tach.

– Vous voulez un mouchoir ?

– Pourquoi cherchez-vous à tourner en dérision les
élans nobles de votre cœur ?

– Les élans nobles de mon cœur ? Où diable allez-
vous chercher de pareilles âneries ?

– Navré, monsieur, c'est vous qui me les avez inspi-
rées : ce que vous avez dit au sujet des jeunes était
réellement émouvant.

– Approfondissez et vous verrez si c'était émouvant.

– Approfondissons donc.

– J'aime les jeunes parce qu'ils sont tout ce que je ne suis pas, disais-je. En effet, les jeunes sont beaux, lestes, stupides et méchants.

– ... ?

– N'est-ce pas ? Une réponse bouleversante, pour parler comme vous.

– Vous plaisantiez, je suppose ?

– Est-ce que j'ai une tête à ça ? Et puis, où serait la plaisanterie ? Pourriez-vous nier un seul de ces adjectifs ?

– En admettant même que ces adjectifs soient fondés, vous situez-vous vraiment à leurs antipodes ?

– Quoi ? Vous me trouvez beau, leste, stupide et méchant ?

– Ni beau, ni leste, ni stupide...

– Vous m'en voyez rassuré.

– Mais méchant, vous l'êtes !

– Méchant, moi !

– Absolument.

– Méchant ? Vous êtes malade. En quatre-vingt-trois années d'existence, je n'ai jamais rencontré une personne aussi incroyablement bonne que moi. Je suis monstrueusement gentil, tellement gentil que si je me rencontrais, je vomirais.

– Vous ne parlez pas sérieusement.

– C'est le comble. Citez-moi un seul individu, non pas meilleur que moi (ce serait impossible), mais aussi gentil que moi.

– Eh bien... le premier venu.

– Le premier venu ? Donc vous, si je comprends bien ? Farceur.

– Moi ou n'importe qui.

– Ne parlez pas de n'importe qui, vous ne le connaissez pas. Parlez-moi de vous. Au nom de quoi osez-vous vous prétendre aussi gentil que moi ?

– Au nom des évidences les plus flagrantes.

– Ouais. C'est bien ce que je pensais, vous n'avez aucun argument.

– Enfin, monsieur Tach, cessez de délirer, voulez-vous ? J'ai écouté les deux interviews des journalistes précédents. Quand bien même je ne connaîtrais de vous que ces échantillons, je saurais déjà à quoi m'en tenir sur votre compte. Pouvez-vous nier que vous avez martyrisé ces deux malheureux ?

– Quelle mauvaise foi ! Ce sont eux qui m'ont martyrisé.

– Pour le cas où vous l'ignoreriez, l'un et l'autre sont malades comme des chiens depuis qu'ils ont eu affaire à vous.

– *Post hoc, ergo propter hoc*, n'est-ce pas ? Vous établissez des liens de causalité tout à fait farfelus, jeune homme. Le premier est tombé malade pour avoir bu trop de porto flip. Vous n'allez pas dire que c'est moi qui les lui ai fait avaler, j'espère ? Le deuxième m'a tanné, à mon corps défendant, pour que je lui raconte mon alimentation. S'il n'a pas été capable d'en supporter l'exposé, ce n'est pas ma faute, non ? J'ajouterai que ces deux individus se sont montrés arrogants envers moi. Oh, je l'ai supporté avec la douceur de l'agneau sur l'autel du sacrificateur. Mais eux ont dû en pâtir. Voyez-vous, on en revient toujours aux Évangiles : le Christ l'avait bien dit, que les méchants et les haineux nuisent en premier chef à eux-mêmes. D'où les tourments qu'endurent vos collègues.

– Monsieur Tach, puis-je vous prier de répondre en toute sincérité à cette question : me prenez-vous pour un imbécile ?

– Naturellement.

– Merci pour votre sincérité.

– Ne me remerciez pas, je suis incapable de mentir. D'ailleurs, je ne comprends pas pourquoi vous me posez une question dont vous connaissez déjà la réponse : vous êtes jeune, et je ne vous ai pas caché ce que je pensais des jeunes.

– A ce propos, ne trouvez-vous pas que vous manquez un peu de nuances ? On ne peut pas mettre tous les jeunes dans le même sac.

– Je vous l'accorde. Certains jeunes ne sont ni beaux, ni lestes. Vous, par exemple, je ne sais pas si vous êtes leste, mais vous n'êtes pas beau.

– Je vous remercie. Et la méchanceté et la stupidité, aucun jeune n'y échappe ?

– Je n'ai connu qu'une seule exception : moi.

– Comment étiez-vous, à vingt ans ?

– Comme maintenant. J'étais encore capable de marcher. Sinon, je ne vois pas en quoi j'ai changé. J'étais déjà imberbe, obèse, mystique, génial, trop gentil, laid, suprêmement intelligent, solitaire, j'aimais déjà manger et fumer.

– En somme, vous n'avez pas eu de jeunesse ?

– J'adore vous entendre parler, on jurerait un répertoire de lieux communs. J'accepte de dire : « Oui, je n'ai pas eu de jeunesse », à la condition expresse suivante : précisez bien, dans votre article, que l'expression est de vous. Sans quoi les gens s'imagineront que Prétextat Tach utilise une terminologie de romans de gare.

– Je n'y manquerai pas. A présent, si vous n'y voyez pas d'inconvénient, expliquez-moi en quoi vous vous trouvez bon, exemples à l'appui, si possible.

– J'adore le « si possible ». Vous n'y croyez pas, hein, à ma bonté ?

– Croire n'est pas le verbe qui convient. Disons plutôt concevoir.

– Voyez-vous ça. Eh bien, jeune homme, concevez donc ce que fut ma vie : un sacrifice de quatre-vingt-trois ans. Qu'est-ce que le sacrifice du Christ, en comparaison ? Ma passion à moi a duré cinquante années de plus. Et il va m'arriver sous peu une apothéose infiniment plus remarquable, plus longue, plus élitiste et peut-être même plus douloureuse : une agonie qui laissera sur ma chair les glorieux stigmates du syndrome d'Elzenveiverplatz. Notre-Seigneur m'inspire les meilleurs sentiments, mais avec toute sa bonne volonté, Il n'aurait pas pu mourir du cancer des cartilages.

– Et alors ?

– Comment ça, et alors ? Crever d'une crucifixion, banale comme la pluie à l'époque, ou d'un syndrome rarissime, vous trouvez que ça revient au même ?

– Mourir, c'est toujours mourir.

– Mon Dieu ! Vous rendez-vous compte de l'ineptie que votre magnétophone vient d'enregistrer ? Et vos collègues qui vont entendre ça ! Mon pauvre ami, je n'aimerais pas être à votre place. « Mourir, c'est toujours mourir » ! Je suis si gentil que je vous autorise à effacer ça.

– Pas question, monsieur Tach : c'est bel et bien mon opinion.

– Savez-vous que je commence à vous trouver fascinant ? Un tel manque de discernement est extraordinaire. Vous devriez être muté à la section « Chiens écrasés », apprendre le langage canin et demander aux pauvres bêtes agonisantes si elles n'auraient pas préféré mourir d'une maladie exceptionnelle.

– Monsieur Tach, vous arrive-t-il d'adresser à autrui autre chose que des injures ?

46

– Je n'injurie jamais, monsieur, je diagnostique. Au fait, je suppose que vous n'avez jamais rien lu de moi ?

– Erreur.

– Comment ! Ce n'est pas possible. Vous n'avez vraiment pas l'allure ni la contenance du lecteur tachien. C'est un mensonge.

– C'est la pure vérité. Je n'ai lu qu'un seul de vos romans mais je l'ai lu à fond, je l'ai relu et il m'a marqué.

– Vous devez confondre avec un autre.

– Comment pourrait-on confondre un livre tel que *Viols gratuits entre deux guerres* avec un autre ? Croyez-moi, c'est une lecture qui m'a profondément ébranlé.

– Ébranlé ? Ébranlé ! Comme si j'écrivais pour ébranler les gens ! Si vous n'aviez pas lu ce livre en diagonale, monsieur, comme vous l'avez probablement fait, si donc vous l'aviez lu comme il fallait le lire, avec vos tripes, pour autant que vous en ayez, vous auriez dégueulé.

– Il y a en effet dans votre œuvre une esthétique du vomissement...

– Une esthétique du vomissement ! Vous allez me faire pleurer !

– Enfin, pour en revenir à ce que nous disions plus tôt, j'affirme ne jamais avoir lu œuvre plus boursouflée de méchanceté.

– Précisément. Vous vouliez des preuves de ma bonté : en voici une, flagrante. Céline l'avait compris, qui disait dans ses préfaces avoir écrit ses bouquins les plus empoisonnés par gentillesse désintéressée, par irrépressible tendresse envers ses détracteurs. Là est le véritable amour.

– C'est un peu gros, non ?

47

– Céline, un peu gros ? Vous avez intérêt à effacer ça.

– Mais enfin, cette scène insoutenablement méchante avec la femme sourde et muette, on sent que vous l'avez écrite dans la jubilation.

– Certes. Vous n'imaginez pas le plaisir qu'il y a à apporter de l'eau au moulin de ses détracteurs.

– Ah ! En ce cas, ce n'est pas de la gentillesse, monsieur Tach, c'est un obscur mélange de masochisme et de paranoïa.

– Ta, ta, ta ! Cessez d'employer des mots dont vous ignorez le sens. De la pure bonté, jeune homme ! A votre avis, quels sont les livres qui ont été écrits par pure bonté ? *La Case de l'oncle Tom* ? *Les Misérables* ? Bien sûr que non. Ces livres-là, on les écrit pour être accueilli dans les salons. Non, croyez-moi, rarissimes sont les bouquins écrits par pure bonté. Ces œuvres-là, on les crée dans l'abjection et la solitude, en sachant bien qu'après les avoir jetées à la face du monde, on sera encore plus seul et plus abject. C'est normal, la principale caractéristique de la gentillesse désintéressée est d'être méconnaissable, inconnaissable, invisible, insoupçonnable – car un bienfait qui dit son nom n'est jamais désintéressé. Vous voyez bien que je suis bon.

– Il y a un paradoxe dans ce que vous venez de dire. Vous m'expliquez que la vraie gentillesse se cache, et puis vous clamez à tue-tête que vous êtes bon.

– Oh, je peux me le permettre autant que je le désire, puisque de toute façon on ne me croira pas.

Le journaliste éclata de rire.

– Vous avez des arguments fascinants, monsieur Tach. Ainsi, vous prétendez avoir consacré votre vie à l'écriture par pure bonté ?

– Il y a bien d'autres choses encore que j'ai pratiquées par bonté pure.

– Comme ?

– La liste est longue : le célibat, la goinfrerie, etc.

– Expliquez-moi cela.

– Bien sûr, la bonté n'a jamais été mon seul motif. Le célibat par exemple : il est notoire que je n'ai aucun intérêt pour le sexe. Mais j'aurais pu me marier quand même, ne serait-ce que pour le plaisir d'emmerder ma femme. Eh bien non, car c'est là que ma gentillesse intervient : je ne me marierai pas pour épargner cette malheureuse.

– Soit. Et la goinfrerie ?

– C'est l'évidence même : je suis le messie de l'obésité. Quand je mourrai, je prendrai sur mes épaules tous les kilos en trop de l'humanité.

– Vous voulez dire que, symboliquement...

– Attention ! Ne jamais prononcer le mot « symbole » devant moi, sauf s'il est question de chimie, et ce dans votre intérêt.

– Je suis navré d'être bête et obtus, mais vraiment je ne comprends pas.

– Ce n'est pas grave, vous n'êtes pas le seul.

– Ne pourriez-vous pas m'expliquer ?

– J'ai horreur de perdre mon temps.

– Monsieur Tach, en admettant que je suis bête et obtus, ne pouvez-vous pas imaginer qu'il existe, derrière moi, un futur lecteur de cet article, un lecteur intelligent et ouvert qui, lui, mériterait de comprendre ? Et que votre dernière réponse décevrait ?

– En admettant que ce lecteur existe, et s'il est réellement intelligent et ouvert, il n'aura pas besoin d'explication.

– Je ne suis pas d'accord. Même un être intelligent a besoin d'explication quand il est confronté à une pensée nouvelle et inconnue.

– Qu'en savez-vous ? Vous n'avez jamais été intelligent.

– Certes, mais j'essaie humblement d'imaginer.

– Mon pauvre garçon.

– Allons, faites preuve de votre bonté proverbiale et expliquez-moi.

– Vous voulez que je vous dise ? Les gens réellement intelligents et ouverts ne m'imploreraient pas ces explications. C'est le propre du vulgaire que de vouloir tout expliquer, y compris ce qui ne s'explique pas. Alors, pourquoi vous fournirais-je des explications que les idiots ne comprendraient pas et dont les êtres plus fins n'auraient pas envie ?

– J'étais déjà laid, bête et obtus, je dois encore ajouter vulgaire, si je comprends bien ?

– On ne peut rien vous cacher.

– Si je puis me permettre, monsieur Tach, ce n'est pas ainsi que vous vous rendrez sympathique.

– Sympathique, moi ? Il ne manquerait plus que ça. Et puis, qui êtes-vous pour venir me faire la morale, moins de deux mois avant ma mort glorieuse ? Pour qui vous prenez-vous ? Vous commenciez votre phrase par « Si je puis me permettre », mais vous ne pouvez pas vous le permettre ! Allons, sortez, vous m'incommodez.

– ...

– Vous êtes sourd ?

Le journaliste penaud rejoignit ses collègues au café d'en face. Il ne savait pas s'il s'en était tiré à bon compte ou non.

En écoutant la bande, les confrères ne dirent rien, mais ce n'était certainement pas à Tach que s'adressait leur sourire de condescendance.

– Ce type est un cas, racontait la dernière victime. Allez comprendre ! On ne sait jamais comment il réagira. Parfois, on a l'impression qu'il peut tout entendre, que rien ne le vexe et même qu'il prend plaisir aux petites nuances impertinentes de certaines questions. Et puis soudain, sans crier gare, le voilà qui explose pour des détails dérisoires ou qui nous jette à la porte si nous avons le malheur de lui faire une remarque infime et légitime.

– Le génie ne souffre pas de remarque, objecta un collègue avec autant de hauteur que s'il avait été Tach lui-même.

– Alors quoi ? J'aurais dû me laisser injurier ?

– L'idéal eût été de ne pas lui inspirer ces injures.

– C'est malin ! Le monde ne lui inspire rien d'autre que des injures.

– Pauvre Tach ! Pauvre titan exilé !

– Pauvre Tach ? C'est le comble. Pauvres nous, oui !

– Tu ne comprends donc pas que nous l'incommodons ?

– Si, j'ai pu m'en rendre compte. Mais enfin, il faut bien que ce métier soit fait, non ?

– Pourquoi ? fit le cracheur de soupière, se croyant inspiré.

– Alors, pourquoi as-tu choisi d'être journaliste, enfoiré ?

– Parce que je ne pouvais pas être Prétextat Tach.

– Ça t'aurait plu, d'être un gros eunuque graphomane ?

Oui, cela lui aurait plu, et il n'était pas le seul à le penser. La race humaine est ainsi faite que des êtres sains d'esprit seraient prêts à sacrifier leur jeunesse, leur corps, leurs amours, leurs amis, leur bonheur et beaucoup plus encore sur l'autel d'un fantasme appelé éternité.

– Alors, la guerre a commencé ?

– Euh... oui, ça y est, les premiers missiles ont été...

– C'est bien.

– Vraiment ?

– Je n'aime pas voir la jeunesse désœuvrée. Ainsi, en ce 17 janvier, les petits gars ont pu enfin commencer à s'amuser.

– Si l'on peut dire.

– Quoi, ça ne vous amuserait pas, vous ?

– Franchement non.

– Vous trouvez peut-être plus amusant de poursuivre des vieillards adipeux avec un magnétophone ?

– Poursuivre ? Mais nous ne vous poursuivons pas, c'est vous-même qui nous avez autorisés à venir.

– Jamais ! C'est encore un coup de Gravelin, ce chien !

– Voyons, monsieur Tach, vous êtes parfaitement libre de dire non à votre secrétaire, c'est un homme dévoué qui respecte toutes vos volontés.

– Vous dites n'importe quoi. Il me torture et il ne me consulte jamais. Cette infirmière, par exemple, c'est lui !

– Allons, monsieur Tach, calmez-vous. Reprenons notre entretien. Comment expliquez-vous le succès extraordinaire...

53

– Voulez-vous un alexandra ?

– Non, merci. Je disais donc, le succès extraordinaire de...

– Attendez, j'en veux un, moi.

Parenthèse alchimique.

– Cette guerre toute fraîche m'a donné une furieuse envie d'alexandra. C'est un breuvage si solennel.

– Bien. Monsieur Tach, comment expliquez-vous le succès extraordinaire de votre œuvre à travers le monde ?

– Je ne l'explique pas.

– Allons, vous avez bien dû y réfléchir et imaginer des réponses.

– Non.

– Non ? Vous avez vendu des millions d'exemplaires, jusqu'en Chine, et cela ne vous a pas fait réfléchir ?

– Les usines d'armement vendent chaque jour des milliers de missiles à travers le monde, et ça ne les fait pas réfléchir non plus.

– Cela n'a rien à voir.

– Vous croyez ? Le parallélisme est pourtant frappant. Cette accumulation, par exemple : on parle de course aux armements, on devrait aussi dire « course aux littératures ». C'est un argument de force comme un autre : chaque peuple brandit son écrivain ou ses écrivains comme des canons. Tôt ou tard on me brandira, moi aussi, et on fourbira mon prix Nobel.

– Si vous l'entendez de la sorte, je suis d'accord. Mais Dieu merci, la littérature est moins nocive.

– Pas la mienne. La mienne est plus nocive que la guerre.

– Ne seriez-vous pas en train de vous flatter ?

– Il faut bien que je le fasse puisque je suis le seul lecteur à même de me comprendre. Oui, mes livres sont plus nocifs qu'une guerre, puisqu'ils donnent envie de crever, alors que la guerre, elle, donne envie de vivre. Après m'avoir lu, les gens devraient se suicider.

– Comment expliquez-vous qu'ils ne le fassent pas ?

– Ça, en revanche, je l'explique très facilement : c'est parce que personne ne me lit. Au fond, c'est peut-être là aussi l'explication de mon extraordinaire succès : si je suis si célèbre, cher monsieur, c'est parce que personne ne me lit.

– Paradoxal !

– Au contraire : si ces pauvres gens avaient essayé de me lire, ils m'auraient pris en grippe et, pour se venger de l'effort que je leur aurais coûté, ils m'auraient jeté aux oubliettes. Alors qu'en ne me lisant pas, ils me trouvent reposant et donc sympathique et digne de succès.

– Voici un raisonnement extraordinaire.

– Mais irréfutable. Tenez, prenons Homère : en voilà un qui n'a jamais été aussi célèbre. Or, vous en connaissez beaucoup, de vrais lecteurs de la vraie *Iliade* et de la vraie *Odyssée* ? Une poignée de philologues chauves, voilà tout – car vous n'allez quand même pas qualifier de lecteurs les rares lycéens endormis qui ânonnent encore Homère sur les bancs de l'école en ne pensant qu'à *Dépêche Mode* ou au sida. Et c'est précisément pour cette excellente raison qu'Homère est *la* référence.

– A supposer que ce soit vrai, vous trouvez cette raison excellente ? Ne serait-elle pas plutôt navrante ?

– Excellente, je maintiens. N'est-il pas réconfortant, pour un vrai, un pur, un grand, un génial écrivain comme moi, de savoir que personne ne me lit ? Que personne ne souille de son regard trivial les beautés auxquelles j'ai donné naissance, dans le secret de mes tréfonds et de ma solitude ?

– Pour éviter ce regard trivial, n'eût-il pas été plus simple de ne pas vous faire éditer du tout ?

– Trop facile. Non, voyez-vous, le sommet du raffinement, c'est de vendre des millions d'exemplaires et de ne pas être lu.

– Sans compter que vous y avez gagné de l'argent.

– Certainement. J'aime beaucoup l'argent.

– Vous aimez l'argent, vous ?

– Oui. C'est ravissant. Je n'y ai jamais trouvé d'utilité mais j'aime beaucoup le regarder. Une pièce de 5 francs, c'est joli comme une pâquerette.

– Cette comparaison ne me serait jamais venue à l'esprit.

– Normal, vous n'êtes pas prix Nobel de littérature, vous.

– Au fond, ce prix Nobel ne démentirait-il pas votre théorie ? Ne supposerait-il pas qu'au moins le jury du Nobel vous ait lu ?

– Rien n'est moins sûr. Mais, pour le cas où les jurés m'auraient lu, croyez bien que ça ne change rien à ma théorie. Il y a tant de gens qui poussent la sophistication jusqu'à lire sans lire. Comme des hommes-grenouilles, ils traversent les livres sans prendre une goutte d'eau.

– Oui, vous en aviez parlé au cours d'une entrevue précédente.

– Ce sont les lecteurs-grenouilles. Ils forment l'immense majorité des lecteurs humains, et pourtant je n'ai découvert leur existence que très tard. Je suis d'une telle naïveté. Je pensais que tout le monde lisait comme moi ; moi, je lis comme je mange : ça ne signifie pas seulement que j'en ai besoin, ça signifie surtout que ça entre dans mes composantes et que ça les modifie. On n'est pas le même selon qu'on a mangé du boudin ou du caviar ; on n'est pas le même non plus selon qu'on vient de lire du Kant (Dieu m'en préserve) ou du Queneau. Enfin, quand je dis « on », je devrais dire « moi et quelques autres », car la plupart des gens

56

émergent de Proust ou de Simenon dans un état identique, sans avoir perdu une miette de ce qu'ils étaient et sans avoir acquis une miette supplémentaire. Ils ont lu, c'est tout : dans le meilleur des cas, ils savent « ce dont il s'agit ». Ne croyez pas que je brode. Combien de fois ai-je demandé, à des personnes intelligentes : « Ce livre vous a-t-il changé ? » Et on me regardait, les yeux ronds, l'air de dire : « Pourquoi voulez-vous qu'il me change ? »

— Permettez-moi de m'étonner, monsieur Tach : vous venez de parler comme un défenseur des livres à message, ce qui ne vous ressemble pas.

— Vous n'êtes pas très malin, hein ? Alors, vous vous imaginez que ce sont les livres « à message » qui peuvent changer un individu ? Quand ce sont ceux qui les changent le moins. Non, les livres qui marquent et qui métamorphosent, ce sont les autres, les livres de désir, de plaisir, les livres de génie et surtout les livres de beauté. Tenez, prenons un grand livre de beauté : *Voyage au bout de la nuit*. Comment ne pas être un autre après l'avoir lu ? Eh bien, la majorité des lecteurs réussissent ce tour de force sans difficulté. Ils vous disent après : « Ah oui, Céline, c'est formidable », et puis reviennent à leurs moutons. Évidemment, Céline, c'est un cas extrême, mais je pourrais parler des autres aussi. On n'est jamais le même après avoir lu un livre, fût-il aussi modeste qu'un Léo Malet : ça vous change, un Léo Malet. On ne regarde plus les jeunes filles en imperméable comme avant, quand on a lu un Léo Malet. Ah mais, c'est très important ! Modifier le regard : c'est ça, notre grand œuvre.

— Ne croyez-vous pas que, consciemment ou non, chaque personne a changé de regard, après avoir fini un livre ?

— Oh non ! Seule la fine fleur des lecteurs en est

57

capable. Les autres continuent à voir les choses avec leur platitude originelle. Et encore, ici il est question des lecteurs, qui sont eux-mêmes une race très rare. La plupart des gens ne lisent pas. A ce sujet, il y a une citation excellente, d'un intellectuel dont j'ai oublié le nom : « Au fond, les gens ne lisent pas ; ou, s'ils lisent, ils ne comprennent pas ; ou, s'ils comprennent, ils oublient. » Voilà qui résume admirablement la situation, vous ne trouvez pas ?

– En ce cas, n'est-il pas tragique d'être écrivain ?

– Si tragique il y a, il ne vient certainement pas de là. C'est un bienfait que de ne pas être lu. On peut tout se permettre.

– Mais enfin, au début, il a bien fallu qu'on vous lise, sans quoi vous ne seriez pas devenu célèbre.

– Au début, peut-être, un petit peu.

– J'en reviens donc à ma question de départ : pourquoi ce succès extraordinaire ? En quoi ce début répondait-il à une attente du lecteur ?

– Je ne sais pas. C'étaient les années 30. Il n'y avait pas de télévision, il fallait bien que les gens s'occupent.

– Oui, mais pourquoi vous plutôt qu'un autre écrivain ?

– En fait, mon grand succès a commencé après la guerre. C'est marrant, d'ailleurs, parce que je n'y ai pas du tout participé, à cette rigolade : j'étais déjà presque impotent – et puis, dix ans plus tôt, on m'avait réformé pour obésité. En 45, a débuté la grande expiation : confusément ou non, les gens ont senti qu'ils avaient des choses à se reprocher. Alors ils sont tombés sur mes romans qui hurlaient comme des imprécations, qui regorgeaient d'ordures, et ils ont décidé que ce serait une punition à la démesure de leur bassesse.

– L'était-ce ?

– Ce pouvait l'être. Ce pouvait être autre chose aussi.

Mais voilà, *vox populi, vox dei*. Et puis, on a très vite cessé de me lire. Comme Céline, d'ailleurs : Céline est probablement l'un des écrivains qui a été le moins lu. La différence, c'est que moi on ne me lisait pas pour de bonnes raisons, et lui on ne le lisait pas pour de mauvaises raisons.

– Vous parlez beaucoup de Céline.

– J'aime la littérature, monsieur. Ça vous étonne ?

– Vous ne l'expurgez pas, lui, je suppose ?

– Non. C'est lui qui ne cesse de m'expurger.

– L'avez-vous rencontré ?

– Non, j'ai fait beaucoup mieux : je l'ai lu.

– Et lui, vous a-t-il lu ?

– Certainement. Je l'ai senti souvent en le lisant.

– Vous auriez influencé Céline ?

– Moins que lui ne m'a influencé, mais quand même.

– Et qui d'autre auriez-vous encore influencé ?

– Personne, voyons, puisque personne d'autre ne m'a lu. Enfin, grâce à Céline, j'aurai quand même été lu – vraiment lu – une seule fois.

– Vous voyez bien que vous désiriez être lu.

– Par lui, seulement par lui. Les autres, je m'en fous.

– Avez-vous rencontré d'autres écrivains ?

– Non, je n'ai rencontré personne et personne n'est venu me rencontrer. Je connais très peu de gens : Gravelin, bien sûr, sinon le boucher, le crémier, l'épicier et le marchand de tabac. C'est tout, je crois. Ah oui, il y a aussi cette putain d'infirmière, et puis les journalistes. Je n'aime pas voir les gens. Si je vis seul, ce n'est pas tant par amour de la solitude que par haine du genre humain. Vous pourrez écrire dans votre canard que je suis un sale misanthrope.

– Pourquoi êtes-vous misanthrope ?

– Je suppose que vous n'avez pas lu *Les Sales Gens* ?

– Non.

– Évidemment. Si vous l'aviez lu, vous sauriez pourquoi. Il y a mille raisons pour détester les gens. La plus importante, pour moi, c'est leur mauvaise foi qui est absolument indécrottable. Cette mauvaise foi n'a d'ailleurs jamais été aussi à l'honneur qu'aujourd'hui. J'ai connu bien des époques, vous pensez : je peux néanmoins vous affirmer que je n'ai jamais autant détesté une époque que celle-ci. L'ère de la mauvaise foi en plein. La mauvaise foi, c'est bien pis que la déloyauté, la duplicité, la perfidie. Être de mauvaise foi, c'est se mentir d'abord à soi-même, non pour d'éventuels problèmes de conscience, mais pour son autosatisfaction sirupeuse, avec de jolis mots comme « pudeur » ou « dignité ». Ensuite, c'est mentir aux autres, mais pas des mensonges honnêtes et méchants, pas pour foutre la merde, non : des mensonges de faux-cul, des mensonges light, qu'on vous déblatère avec un sourire comme si ça devait vous faire plaisir.

– Exemple ?

– Eh bien, l'actuelle condition féminine.

– Comment ? Seriez-vous féministe ?

– Féministe, moi ? Je hais les femmes encore plus que les hommes.

– Pourquoi ?

– Pour mille raisons. D'abord parce qu'elles sont laides : avez-vous déjà vu plus laid qu'une femme ? A-t-on idée d'avoir des seins, des hanches, et je vous épargne le reste ? Et puis, je hais les femmes comme je hais toutes les victimes. Une très sale race, les victimes. Si on exterminait à fond cette race-là, peut-être aurait-on enfin la paix, et peut-être les victimes auraient-elles enfin ce qu'elles désirent, à savoir le martyre. Les femmes sont des victimes particulièrement pernicieuses puisqu'elles sont avant tout victimes d'elles-mêmes, des autres femmes. Si vous voulez connaître la lie des sentiments humains, penchez-vous sur les sentiments que nourrissent les femmes envers les autres femmes : vous frissonnerez d'horreur devant tant d'hypocrisie, de jalousie, de méchanceté, de bassesse. Jamais vous ne verrez deux femmes se battre sainement à coups de poing ni même s'envoyer une solide bordée d'injures : chez elles, c'est le triomphe des coups bas, des petites phrases immondes qui font tellement plus de mal qu'un direct dans la mâchoire. Vous me direz que ce n'est pas neuf, que l'univers féminin est ainsi depuis Adam et Ève. Moi, je dis que le sort de la femme n'a jamais été pire – par leur faute, nous sommes bien d'accord, mais qu'est-ce que ça change ? La condition féminine est devenue le théâtre des mauvaises fois les plus écœurantes.

– Vous n'avez toujours rien expliqué.

– Prenons la situation comme elle l'était avant : la femme est inférieure à l'homme, ça coule de source – il suffit de voir combien elle est laide. Dans le passé, aucune mauvaise foi : on ne lui cachait pas son infériorité et on la traitait comme telle. Aujourd'hui, c'est dégueulasse : la femme est toujours inférieure à l'homme – elle est toujours aussi laide –, mais on lui raconte qu'elle est son égale. Comme elle est stupide, elle le croit, bien sûr. Or, on la traite toujours comme une inférieure : les salaires n'en sont qu'un indice mineur. Les autres indices sont bien plus graves : les femmes sont toujours à la traîne dans tous les domaines, à commencer par celui de la séduction – ce qui n'a rien d'étonnant, vu leur laideur, leur peu d'esprit et surtout leur hargne dégoûtante qui affleure à la moindre occasion. Admirez donc la mauvaise foi du système : faire croire à une esclave laide, bête, méchante et sans charme, qu'elle part avec les mêmes chances que son seigneur, alors qu'elle n'en a pas le quart. Moi, je trouve ça infect. Si j'étais femme, je serais écœurée.

– Vous concevez, j'espère, qu'on puisse ne pas être d'accord avec vous ?

– « Concevoir » n'est pas le verbe qui convient. Je ne le conçois pas, je m'en offusque. Au nom de quelle mauvaise foi parviendriez-vous à me contredire ?

– Au nom de mes goûts, d'abord. Je ne trouve pas les femmes laides.

– Mon pauvre ami, vous avez des goûts de chiottes.

– C'est beau, un sein.

– Vous ne savez pas ce que vous dites. Sur le papier glacé des magazines, ces protubérances femelles sont déjà à la limite de l'inacceptable. Que dire de celles des vraies femelles, de celles qu'on n'ose pas montrer et qui sont l'immense majorité des mamelles ? Pouah.

– Ça, ce sont vos goûts. On peut ne pas les partager.

– Oh oui, on peut même trouver beau le boudin qu'on vend à la boucherie : rien n'est interdit.

– Cela n'a rien à voir.

– Les femmes, c'est de la sale viande. Parfois, on dit d'une femme particulièrement laide qu'elle est un boudin : la vérité, c'est que toutes les femmes sont des boudins.

– Permettez-moi alors de vous demander ce que vous êtes, vous.

– Un tas de saindoux. Ça ne se voit pas ?

– En revanche, trouvez-vous que les hommes sont beaux ?

– Je n'ai pas dit ça. Les hommes ont un physique moins affreux que les femmes. Mais ils ne sont pas beaux pour autant.

– Personne n'est beau, alors ?

– Si. Certains enfants sont très beaux. Ça ne dure pas, hélas.

– Vous considérez donc l'enfance comme un âge béni ?

– Vous avez entendu ce que vous venez de dire ? « L'enfance est un âge béni. »

– C'est un lieu commun, mais c'est vrai, non ?

– Bien sûr que c'est vrai, animal ! Mais est-il nécessaire de le dire ? Tout le monde sait ça.

– En fait, monsieur Tach, vous êtes quelqu'un de désespéré.

– C'est maintenant que vous le découvrez ? Reposez-vous, jeune homme, tant de génie va vous épuiser.

– Quels sont les fondements de votre désespoir ?

– Tout. Ce n'est pas tant le monde qui est mal fichu, mais la vie. La mauvaise foi actuelle consiste aussi à clamer le contraire. Non mais vous les entendez tous bêler de concert : « La vie est bêêêêle ! Nous aimons la vie ! » Ça me fait grimper au plafond, d'entendre de pareilles sottises.

– Ces sottises sont peut-être sincères.

– Je le crois aussi, et ce n'en est que plus grave : ça prouve que la mauvaise foi est efficace, que les gens avalent ces sornettes. Ainsi, ils ont des vies de merde avec des boulots de merde, ils vivent dans des endroits horribles avec des personnes épouvantables, et ils poussent l'abjection jusqu'à appeler ça le bonheur.

– Mais tant mieux pour eux, s'ils sont heureux comme cela !

– Tant mieux pour eux, comme vous dites.

– Et vous, monsieur Tach, quel est votre bonheur ?

– Néant. J'ai la paix, c'est déjà ça – enfin, j'avais la paix.

– N'avez-vous jamais été heureux ?

Silence.

– Dois-je comprendre que vous avez été heureux ?...

Dois-je comprendre que vous n'avez jamais été heureux ?

– Taisez-vous, je réfléchis. Non, je n'ai jamais été heureux.

– C'est terrible.

– Vous voulez un mouchoir ?

– Même pendant votre enfance ?

– Je n'ai jamais été enfant.

– Que voulez-vous dire ?

– Ça, très exactement.

– Vous avez bien été petit !

– Petit, oui, mais pas enfant. J'étais déjà Prétextat Tach.

– Il est vrai qu'on ne sait rien de votre enfance. Vos biographies commencent toujours quand vous êtes déjà adulte.

– Normal, puisque je n'ai pas eu d'enfance.

– Vous avez eu des parents, quand même.

– Vous accumulez les intuitions géniales, jeune homme.

– Que faisaient vos parents ?

– Rien.

– Comment cela ?

– Rentiers. Très vieille fortune de famille.

– Existe-t-il d'autres descendants que vous ?

– C'est le fisc qui vous envoie ?

– Non, je voulais seulement savoir si...

– Mêlez-vous de vos affaires.

– Être journaliste, monsieur Tach, c'est se mêler des affaires des autres.

– Changez de métier.

– Pas question. J'aime ce métier.

– Mon pauvre garçon.

– Je vais vous poser ma question autrement : racontez-moi la période de votre vie au cours de laquelle vous avez été le plus heureux.

Silence.

– Faut-il que je vous pose ma question d'une autre manière ?

– Vous me prenez pour un crétin ou quoi ? A quel jeu jouez-vous ? Belle marquise, vos beaux yeux me font mourir d'amour, etc., c'est ça ?

– Calmez-vous, j'essaie seulement de faire mon métier.

– Eh bien moi, j'essaie de faire le mien.

– Alors pour vous, un écrivain est une personne dont le métier consiste à ne pas répondre aux questions ?

– Voilà.

– Et Sartre ?

– Quoi, Sartre ?

– En voilà un qui répondait aux questions, non ?

– Et alors ?

– Cela contredit votre définition.

– Pas le moins du monde : ça la confirme, au contraire.

– Vous voulez dire que Sartre n'est pas un écrivain ?

– Vous ne le saviez pas ?

– Mais enfin, il écrivait remarquablement bien.

– Certains journalistes aussi écrivent remarquablement bien. Mais il ne suffit pas d'avoir une bonne plume pour être écrivain.

– Ah non ? Et que faut-il d'autre alors ?

– Beaucoup de choses. D'abord, il faut des couilles. Et les couilles dont je parle se situent au-delà des sexes ; la preuve, c'est que certaines femmes en ont. Oh, très peu, mais elles existent : je pense à Patricia Highsmith.

– C'est étonnant, qu'un grand écrivain comme vous aime les œuvres de Patricia Highsmith.

– Pourquoi ? Ça n'a rien d'étonnant. Mine de rien,

en voilà une qui doit haïr les gens autant que moi, et les femmes en particulier. On sent qu'elle n'écrit pas dans le but d'être accueillie dans les salons.

– Et Sartre, il écrivait dans le but d'être accueilli dans les salons ?

– Et comment ! Je n'ai jamais rencontré ce monsieur, mais rien qu'à le lire j'ai pu comprendre à quel point il aimait les salons.

– Difficile à avaler, de la part d'un gauchiste.

– Et alors ? Vous croyez que les gauchistes n'aiment pas les salons ? Je crois au contraire qu'ils les aiment plus que n'importe qui. C'est bien normal d'ailleurs : si j'avais été ouvrier toute ma vie, il me semble que je rêverais de fréquenter les salons.

– Vous simplifiez extraordinairement la situation : tous les gauchistes ne sont pas ouvriers. Certains gauchistes sont issus d'excellentes familles.

– Vraiment ? Ceux-là n'ont pas d'excuse, alors.

– Seriez-vous anticommuniste primaire, monsieur Tach ?

– Seriez-vous éjaculateur précoce, monsieur le journaliste ?

– Mais enfin, cela n'a rien à voir.

– Je suis bien de cet avis. Alors, revenons à nos couilles. C'est l'organe le plus important de l'écrivain. Sans couilles, un écrivain met sa plume au service de la mauvaise foi. Pour vous donner un exemple, prenons un écrivain qui a une très bonne plume, fournissons-lui de quoi écrire. Avec de solides couilles, ça donnera *Mort à crédit*. Sans couilles, ça donnera *La Nausée*.

– Vous ne trouvez pas que vous simplifiez un peu ?

– C'est vous, journaliste, qui me dites ça ? Et moi qui essayais, avec mon exquise bonhomie, de me mettre à votre niveau !

– On ne vous en demande pas tant. Ce que je veux,

c'est une définition méthodique et précise de ce que vous appelez « couilles ».

– Pourquoi ? Ne me dites pas que vous essayez de rédiger une brochure de vulgarisation à mon sujet !

– Mais non ! Je désirais seulement avoir une communication un tant soit peu claire avec vous.

– Ouais, c'est bien ce que je craignais.

– Allons, monsieur Tach, simplifiez-moi la tâche, pour une fois.

– Sachez que j'ai horreur des simplifications, jeune homme ; alors, *a fortiori*, si vous me demandez de me simplifier moi-même, ne vous attendez pas à ce que je sois enthousiaste.

– Mais je ne vous demande pas de vous simplifier vous-même, voyons ! Je vous demande seulement une toute petite définition de ce que vous appelez « couilles ».

– Ça va, ça va, ne pleurez pas. Mais qu'est-ce que vous avez, vous autres journalistes ? Vous êtes tous des hypersensibles.

– Je vous écoute.

– Eh bien, les couilles sont la capacité de résistance d'un individu à la mauvaise foi ambiante. Scientifique, hein ?

– Poursuivez.

– Autant vous dire que presque personne n'a ces couilles-là. Quant à la proportion de gens qui ont à la fois une bonne plume et ces couilles-là, elle est infinitésimale. C'est pourquoi il y a si peu d'écrivains sur terre. D'autant plus que d'autres qualités sont aussi requises.

– Lesquelles ?

– Il faut une bitte.

– Après les couilles, la bitte : logique. Définition de la bitte ?

– La bitte, c'est la capacité de création. Rares sont les gens qui sont capables de créer réellement. La plupart se contentent de copier les prédécesseurs avec plus ou moins de talent – prédécesseurs qui sont le plus souvent d'autres copieurs. Il peut arriver qu'une bonne plume soit pourvue d'une bitte mais pas de couilles : Victor Hugo, par exemple.

– Et vous ?

– J'ai peut-être une gueule d'eunuque, mais j'ai une grande bitte.

– Et Céline ?

– Ah, Céline a tout : plume de génie, grosses couilles, grosse bitte, et le reste.

– Le reste ? Que faut-il encore ? Un anus ?

– Surtout pas ! C'est au lecteur d'avoir un anus pour se faire avoir, pas à l'écrivain. Non, ce qu'il faut encore, c'est des lèvres.

– Je n'ose vous demander de quelles lèvres il s'agit.

– Mais vous êtes infect, ma parole ! Je vous parle des lèvres qui servent à refermer la bouche, compris ? Immonde individu !

– Bon. Définition des lèvres ?

– Les lèvres ont deux rôles. D'abord, elles font de la parole un acte sensuel. Avez-vous déjà imaginé ce que serait la parole sans les lèvres ? Ce serait quelque chose de bêtement froid, d'une sécheresse sans nuances, comme les propos d'un huissier de justice. Mais le deuxième rôle est encore beaucoup plus important : les lèvres servent à fermer la bouche sur ce qui ne doit pas être dit. La main aussi a ses lèvres, celles qui l'empêchent d'écrire ce qui ne doit pas l'être. C'est démesurément indispensable. Des écrivains bourrés de talent, de couilles et de bitte ont raté leur œuvre pour avoir dit des choses qu'ils ne devaient pas dire.

– Venant de vous, ces paroles m'étonnent : vous n'êtes pas du style à vous autocensurer.

– Qui vous parle d'autocensure ? Les choses à ne pas dire ne sont pas forcément les choses sales, au contraire. Il faut toujours raconter les saletés qu'on a en soi : c'est sain, c'est gai, c'est tonique. Non, les choses à ne pas dire sont d'un autre ordre – et ne vous attendez pas à ce que je vous l'explique, puisque ce sont précisément des choses à ne pas dire.

– Me voilà bien avancé.

– Ne vous avais-je pas prévenu, tout à l'heure, que mon métier consiste à ne pas répondre aux questions ? Changez de métier, mon vieux.

– Ne pas répondre aux questions, cela fait également partie du rôle des lèvres, n'est-ce pas ?

– Pas seulement des lèvres, des couilles aussi. Il faut des couilles pour ne pas répondre à certaines questions.

– Plume, couilles, bitte, lèvres, c'est tout ?

– Non, il faut encore l'oreille et la main.

– L'oreille, c'est pour entendre ?

– Cela s'entend. Vous êtes génial, jeune homme. En fait, l'oreille est la caisse de résonance des lèvres. C'est le gueuloir intérieur. Flaubert était bien coquet avec son gueuloir, mais s'imaginait-il vraiment qu'on allait le croire ? Il le savait, qu'il était inutile de gueuler les mots : les mots gueulent tout seuls. Il suffit de les écouter en soi.

– Et la main ?

– La main, c'est pour jouir. C'est atrocement important. Si un écrivain ne jouit pas, alors il doit s'arrêter à l'instant. Écrire sans jouir, c'est immoral. L'écriture porte déjà en elle tous les germes de l'immoralité. La seule excuse de l'écrivain, c'est sa jouissance. Un écrivain qui ne jouirait pas, ce serait quelque chose d'aussi dégueulasse qu'un salaud qui violerait une petite fille sans même jouir, qui violerait pour violer, pour faire un mal gratuit.

– Cela ne se compare pas. L'écriture n'est pas si nocive.

– Vous ne savez pas ce que vous dites. Évidemment, comme vous ne m'avez pas lu, vous ne pouvez pas savoir. L'écriture fout la merde à tous les niveaux : pensez aux arbres qu'il a fallu abattre pour le papier, aux emplacements qu'il a fallu trouver pour stocker les livres, au fric que leur impression a coûté, au fric que ça coûtera aux éventuels lecteurs, à l'ennui que ces malheureux éprouveront à les lire, à la mauvaise conscience des misérables qui les achèteront et n'auront pas le courage de les lire, à la tristesse des gentils imbéciles qui les liront sans les comprendre, enfin et surtout à la fatuité des conversations qui feront suite à leur lecture ou à leur non-lecture. Et j'en passe ! Alors, n'allez pas me dire que l'écriture n'est pas nocive.

– Mais enfin, vous ne pouvez pas exclure à 100 % la possibilité de tomber sur un ou deux lecteurs qui vous comprendront réellement, ne serait-ce que par intermittence. Ces éclairs de connivence profonde avec ces quelques individus ne suffisent-ils pas à faire de l'écriture un acte bénéfique ?

– Vous déraisonnez ! Je ne sais si ces individus existent mais, s'ils existent, c'est à eux que mes écrits peuvent nuire le plus. De quoi croyez-vous que je parle dans mes livres ? Vous vous imaginez peut-être que je raconte la bonté des humains et le bonheur de vivre ? Où diable allez-vous chercher que me comprendre rend heureux ? Au contraire !

– La connivence, même dans le désespoir, n'est-elle pas agréable ?

– Vous trouvez ça agréable, vous, de savoir que vous

70

êtes aussi désespéré que votre voisin ? Moi, je trouve ça encore plus triste.

– En ce cas, pourquoi écrire ? Pourquoi chercher à communiquer ?

– Attention, ne mélangez pas : écrire, ce n'est pas chercher à communiquer. Vous me demandez pourquoi écrire, et je vous réponds très strictement et très exclusivement ceci : pour jouir. Autrement dit, s'il n'y a pas de jouissance, il est impératif d'arrêter. Il se trouve qu'écrire me fait jouir : enfin, me faisait jouir à crever. Ne me demandez pas pourquoi, je n'en ai aucune idée. D'ailleurs, toutes les théories qui ont voulu expliquer la jouissance étaient plus débiles les unes que les autres. Un jour, un homme très sérieux m'a dit que si on jouissait en faisant l'amour, c'était parce qu'on créait la vie. Vous vous rendez compte ? Comme s'il pouvait y avoir quelque jouissance à créer une chose aussi triste et moche que la vie ! Et puis, ça supposerait qu'en prenant la pilule, la femme ne jouit plus puisqu'elle ne crée plus la vie. Mais ce type y croyait, à sa théorie ! Bref, ne me demandez pas de vous expliquer cette jouissance de l'écriture : elle est un fait, c'est tout.

– Qu'est-ce que la main vient faire là-dedans ?

– La main est le siège de la jouissance d'écrire. Elle n'en est pas le seul : l'écriture fait aussi jouir dans son ventre, dans son sexe, dans son front et dans ses mâchoires. Mais la jouissance la plus spécifique se situe dans la main qui écrit. C'est une chose difficile à expliquer : quand elle crée ce qu'elle a besoin de créer, la main tressaille de plaisir, elle devient un organe génial. Combien de fois n'ai-je pas éprouvé, en écrivant, l'étrange impression que c'était ma main qui commandait, qu'elle glissait toute seule sans demander au cerveau son avis ? Oh, je sais bien qu'aucun anatomiste ne pourrait admettre une chose pareille, et pourtant c'est ce que l'on sent, très souvent. La main éprouve alors une telle volupté, apparentée sans doute à celle du cheval qui s'emballe, du prisonnier qui s'évade. Une autre constatation s'impose, d'ailleurs : n'est-il pas troublant que, pour l'écriture et la masturbation, c'est le même instrument – la main – qu'on utilise ?

– Pour coudre un bouton ou se gratter le nez, c'est aussi la main qu'on utilise.

– Que vous êtes trivial ! Et puis, qu'est-ce que ça prouve ? Des emplois vulgaires ne viennent pas contredire des emplois nobles.

– La masturbation est-elle un emploi noble de la main ?

– Et comment ! Qu'une simple et modeste main puisse à elle seule reconstituer une chose aussi complexe, coûteuse, difficile à mettre en scène et encombrée d'états d'âme que le sexe, n'est-ce pas formidable ? Que cette gentille main sans histoires procure autant (sinon plus) de plaisir qu'une femme embêtante et chère à l'entretien, n'est-ce pas admirable ?

– Évidemment, si vous voyez les choses comme ça...

– Mais c'est comme ça qu'elles sont, jeune homme ! Vous n'êtes pas d'accord ?

– Écoutez, monsieur Tach, c'est vous qu'on interviewe, pas moi.

– Autrement dit, vous vous donnez le beau rôle, hein ?

– Si cela peut vous faire plaisir, mon rôle ne m'a pas paru si beau jusqu'à présent. Vous m'en avez fait baver plusieurs fois.

– Ça me fait plaisir, en effet.

– Bien. Revenons à nos organes. Je récapitule : plume, couilles, bitte, lèvres, oreille et main. C'est tout ?

– Ça ne vous suffit pas ?

– Je ne sais pas. J'aurais imaginé autre chose.

– Ah oui ? Qu'est-ce qu'il vous faut encore ? Une vulve ? Une prostate ?

– Cette fois, c'est vous qui êtes trivial. Non. Vous allez certainement vous foutre de moi, mais je pensais qu'il fallait aussi un cœur.

– Un cœur ? Grand Dieu, pour quoi faire ?

– Pour les sentiments, l'amour.

– Ces choses-là n'ont rien à voir avec le cœur. Elles concernent les couilles, la bitte, les lèvres et la main. C'est bien suffisant.

– Vous êtes trop cynique. Je ne serai jamais d'accord avec cela.

– Aussi votre opinion n'intéresse-t-elle personne, comme vous le disiez vous-même il y a une minute. Mais je ne vois pas où est le cynisme dans ce que je vous ai dit. Les sentiments et l'amour sont affaires d'organes, nous sommes bien d'accord : notre désaccord porte seulement sur la nature de cet organe. Vous, vous y voyez un phénomène cardiaque. Je ne m'insurge pas, moi, je ne vous envoie pas des adjectifs à la figure. Je me borne à penser que vous avez des théories anatomiques bizarres et, à ce titre, intéressantes.

– Monsieur Tach, pourquoi faites-vous semblant de ne pas comprendre ?

– Qu'est-ce que vous me chantez là ? Je ne fais semblant de rien du tout, espèce de mal élevé !

– Mais enfin, quand je parlais du cœur, vous saviez bien que je n'en parlais pas à titre d'organe !

– Ah non ! A quel titre en parliez-vous, alors ?

– A titre de sensibilité, d'affectivité, d'émotivité, voyons !

– Tout ça dans un bête cœur plein de cholestérol !

– Allons, monsieur Tach, vous n'êtes pas drôle.

– Non, en effet, c'est vous qui êtes drôle. Pourquoi

venez-vous me dire ces choses qui n'ont rien à voir avec notre propos ?

– Oseriez-vous dire que la littérature n'a rien à voir avec les sentiments ?

– Voyez-vous, jeune homme, je crois que nous n'avons pas la même conception du mot « sentiment ». Pour moi, vouloir casser la gueule à quelqu'un, c'est un sentiment. Pour vous, pleurer dans la rubrique « Courrier du cœur » d'un magazine féminin, c'est un sentiment.

– Et pour vous, qu'est-ce que c'est ?

– Pour moi, c'est un état d'âme, c'est-à-dire une jolie histoire bourrée de mauvaise foi qu'on se raconte pour avoir l'impression d'accéder à la dignité d'être humain, pour se persuader que, même au moment où on fait caca, on est empli de spiritualité. Ce sont surtout les femmes qui inventent les états d'âme, parce que le genre de travail qu'elles font laisse la tête libre. Or, une des caractéristiques de notre espèce est que notre cerveau se croit toujours obligé de fonctionner, même quand il ne sert à rien : ce déplorable inconvénient technique est à l'origine de toutes nos misères humaines. Plutôt que de se laisser aller à une noble inaction, à un repos élégant, tel le serpent endormi au soleil, le cerveau de la ménagère, furieux de ne pas lui être utile, se met à sécréter des scénarios débiles et prétentieux – d'autant plus prétentieux que la tâche de la ménagère lui paraîtra basse. C'est d'autant plus bête qu'il n'y a rien de bas à passer l'aspirateur ou à récurer des chiottes : ce sont des choses qu'il faut faire, voilà tout. Mais les femmes s'imaginent toujours qu'elles sont sur terre pour quelque mission aristocratique. La plupart des hommes aussi, d'ailleurs, avec moins d'obstination cependant, parce qu'on leur occupe le cerveau à l'aide de comptabilité, d'avancement, de délation et de déclaration d'impôts, ce qui laisse moins la place aux élucubrations.

– Je crois que vous retardez un peu. Les femmes aussi travaillent, à présent, et ont des soucis identiques aux hommes.

– Que vous êtes naïf ! Elles font semblant. Les tiroirs de leurs bureaux regorgent de vernis à ongles et de magazines féminins. Les femmes actuelles sont encore pires que les ménagères d'antan qui, elles au moins, servaient à quelque chose. Aujourd'hui, elles passent leur temps à discuter avec leurs collègues de sujets aussi substantiels que leurs problèmes de cœur et de calories, ce qui revient exactement au même. Quand elles s'ennuient trop, elles se font sauter par leurs supérieurs, ce qui leur procure l'ivresse délicieuse de foutre la merde dans la vie des autres. Ça, pour une femme, c'est la plus belle promotion. Quand une femme détruit la vie d'un autre, elle considère cet exploit comme la preuve suprême de sa spiritualité. « Je fous la merde, donc j'ai une âme », ainsi raisonne-t-elle.

– A vous entendre, on jurerait que vous avez un compte à régler avec les femmes.

– Et comment ! C'est l'une d'entre elles qui m'a donné la vie, alors que je ne lui avais rien demandé.

– Vous venez de parler comme si vous étiez en plein âge ingrat.

– Faux : je suis plus que jamais en plein âge gras.

– Très drôle. Mais un homme a été aussi pour quelque chose dans votre naissance.

– Je n'aime pas les hommes non plus, vous savez.

– Mais vous détestez les femmes encore davantage. Pourquoi ?

– Pour toutes les raisons que je vous ai déjà énumérées.

– Oui. Voyez-vous, j'ai du mal à croire qu'il n'y ait

75

pas un autre motif. Votre misogynie pue le désir de vengeance.

– Vengeance ? Mais de quoi ? J'ai toujours été célibataire.

– Il n'y a pas que le mariage. Du reste, vous ne connaissez peut-être pas vous-même l'origine de ce désir de vengeance.

– Je vous vois venir. Non, je refuse d'être psychanalysé.

– Sans aller jusque-là, vous pourriez peut-être y réfléchir.

– Mais réfléchir à quoi, grand Dieu ?

– Aux relations que vous avez eues avec les femmes.

– Quelles relations ? Quelles femmes ?

– Ne me dites pas que... Non !

– Quoi, non ?

– Vous seriez... ?

– Quoi, à la fin ?

– ... vierge ?

– Bien sûr.

– C'est impossible.

– C'est absolument possible.

– Ni avec une femme, ni avec un homme ?

– Vous trouvez que j'ai une gueule de tapette ?

– Ne le prenez pas mal, il y a eu des homosexuels très brillants.

– Vous me faites rire. Vous dites ça comme vous diriez : « Il y a même eu des souteneurs honnêtes » – comme s'il y avait une contradiction entre les termes « homosexuel » et « brillant ». Non, je m'insurge contre votre refus d'admettre que je puisse être vierge.

– Mettez-vous à ma place !

– Comment voulez-vous qu'un être tel que moi se mette à votre place ?

– C'est... c'est impensable ! Dans vos romans, vous

parlez du sexe comme un spécialiste, comme un ento-
mologiste !

– Je suis docteur ès masturbation.

– La masturbation peut-elle suffire à connaître si bien
la chair ?

– Pourquoi faites-vous semblant de m'avoir lu ?

– Écoutez, je n'ai pas besoin de vous avoir lu pour
savoir que votre nom est associé au discours sexuel le
plus précis, le plus expert.

– C'est marrant, ça. Je ne savais pas.

– Je suis même tombé récemment sur une thèse qui
portait le titre suivant : « Le priapisme tachien à travers
la syntaxe. »

– Comique. Les sujets des thèses m'ont toujours
amusé et attendri : c'est mignon, ces étudiants qui, pour
imiter les grands, écrivent des sottises dont les titres
sont hypersophistiqués et dont les contenus sont la
banalité même, comme ces restaurants prétentieux qui
affublent les œufs mayonnaise d'appellations grandioses.

– Il va de soi, monsieur Tach, que si vous le désirez,
je n'en parlerai pas.

– Pourquoi ? Ce n'est pas intéressant ?

– Au contraire, ce ne l'est que trop. Mais je ne voudrais pas trahir un pareil secret.

– Ce n'est pas un secret.

– Pourquoi ne l'avez-vous jamais dit, alors ?

– Je ne vois pas à qui je l'aurais dit. Je ne vais quand
même pas chez le boucher pour parler de ma virginité.

– Bien sûr, mais il ne faut pas le raconter aux journaux non plus.

– Pourquoi ? La virginité est interdite par la loi ?

– Voyons, cela fait partie de votre vie privée, de votre
intimité.

– Et tout ce que vous m'avez demandé jusqu'à présent, espèce de faux-cul, ça ne faisait pas partie de ma vie privée ? Vous ne faisiez pas tant de manières à ces moments-là. Inutile de jouer tout à coup les vierges effarouchées (c'est le cas de le dire), ça ne prend pas.

– Je ne suis pas d'accord. Il y a dans l'indiscrétion des limites à ne pas franchir. Un journaliste est fortement indiscret – c'est son métier – mais il sait jusqu'où il ne doit pas aller.

– Vous parlez de vous à la troisième personne, maintenant ?

– Je parle au nom de tous les journalistes.

– Voilà bien le réflexe de caste, typique des couards. Moi, c'est en mon seul nom que je vous réponds, sans autre garantie que moi-même. Et je vous dis que je ne me plierai pas à vos critères, que c'est à moi de définir ce qui, dans ma vie privée, est secret ou ne l'est pas. Ma virginité, je m'en fous complètement : faites-en ce qu'il vous plaira.

– Monsieur Tach, je crois que vous ne vous rendez pas bien compte des dangers de cette révélation : vous vous sentiriez sali, violé...

– Dites donc, jeune homme, c'est à moi de vous poser une question : êtes-vous stupide ou masochiste ?

– Pourquoi cette question ?

– Parce que si vous n'êtes ni stupide ni masochiste, je ne m'explique pas votre comportement. Je vous livre un superbe scoop, je vous le donne, dans un beau geste de générosité désintéressée – et vous, au lieu de sauter sur l'occasion comme un rapace intelligent, vous vous inventez des scrupules, vous faites mille manières. Savez-vous ce que vous risquez, si vous continuez ? Vous vous exposez à ce que, par exaspération, je vous confisque le scoop, non pour préserver ma sacro-sainte vie privée, mais tout simplement pour vous emmerder. Apprenez que mes élans de générosité ne durent jamais longtemps, surtout quand on m'énerve, alors, soyez prompt et prenez ce que je vous offre avant que je ne vous l'enlève. Mais vous pourriez quand même me remercier, ce n'est pas tous les jours qu'un prix Nobel vous offre sa virginité, non ?

– Je vous remercie infiniment, monsieur Tach.

– Voilà. J'adore les lèche-culs dans votre genre, mon cher.

– Mais c'est vous-même qui me demandiez de...

– Et alors ? Vous n'êtes pas forcé de faire tout ce que je vous demande.

– Bien. Revenons à notre sujet précédent. A la lumière de votre dernière révélation, il me semble que je peux comprendre l'origine de votre misogynie.

– Ah ?

– Oui, votre désir de vengeance envers les femmes ne proviendrait-il pas de votre virginité ?

– Je ne vois pas le rapport.

– Mais si : vous détestez les femmes parce que aucune n'a voulu de vous.

Le romancier éclata de rire. Ses épaules en étaient secouées.

– Excellent ! Vous êtes très comique, mon vieux.

– Dois-je comprendre que vous réfutez mon explication ?

– Je crois que votre explication se réfute toute seule, monsieur. Vous venez d'inventer un exemple édifiant de causalité inversée – exercice où excellent les journalistes, d'ailleurs. Mais vous, vous avez tellement inversé les données du problème que c'en est vertigineux. Ainsi, vous dites que je déteste les femmes parce que aucune n'a voulu de moi, alors que c'est moi qui n'ai voulu d'aucune d'entre elles, et pour la très simple raison que je les détestais. Double inversion : bravo, vous êtes doué.

– Vous voudriez me faire croire que vous les détestez *a priori*, sans raison ? C'est impossible.

– Citez-moi un aliment que vous détestez.

– La raie mais...

– Pourquoi ce désir de vengeance envers cette pauvre raie ?

– Je n'ai aucun désir de vengeance envers la raie, j'ai toujours trouvé cela mauvais, c'est tout.

– Eh bien voilà, nous nous comprenons. Je n'ai aucun désir de vengeance envers les femmes, mais je les ai toujours détestées, c'est tout.

– Enfin, monsieur Tach, vous ne pouvez pas comparer. Qu'est-ce que vous diriez, si je vous comparais à de la langue de veau ?

– J'en serais très flatté, c'est délicieux.

– Allons, soyez sérieux.

– Je suis toujours sérieux. Et c'est bien dommage pour vous, jeune homme, parce que, si je n'étais pas si sérieux, je ne remarquerais peut-être pas que cette entrevue a été d'une longueur sans précédent, et que vous ne méritiez pas une telle générosité de ma part.

– Qu'ai-je donc fait pour ne pas la mériter ?

– Vous êtes un ingrat et vous êtes de mauvaise foi.

– Je suis de mauvaise foi, moi ? Et vous ?

– Insolent ! J'ai toujours su que ma bonne foi ne me vaudrait rien. Non seulement on ne la remarque pas, mais on l'inverse – il est vrai que vous êtes un spécialiste des inversions –, on la qualifie de mauvaise foi. Mon sacrifice n'aura servi à rien. Il m'arrive de penser que si c'était à refaire, je jouerais à fond la carte de la mauvaise foi pour connaître enfin votre confort et votre estime. Et puis, je vous regarde et vous me répugnez tellement que je me félicite de ne pas vous avoir imités, même si ça m'a condamné à la solitude. La solitude est un bienfait si elle m'éloigne de votre fange. Ma vie est

moche, mais je la préfère à la vôtre. Partez, monsieur :
je viens de finir ma tirade, alors, ayez le sens de la mise
en scène, ayez le bon goût de partir.

Au café d'en face, le récit du journaliste relança le
débat :

– Dans de pareilles conditions, la déontologie nous
permet-elle de continuer les entrevues ?

– Tach nous répondrait sûrement qu'il faut être des
faux-culs pour parler de déontologie dans notre métier.

– C'est certainement ce qu'il nous dirait, mais il n'est
pas le pape, quand même. Nous ne sommes pas forcés
d'avaler ses horreurs.

– Le problème, c'est que ces horreurs puent la vérité.

– Ça y est, vous marchez dans son cirque. Je regrette,
mais je ne parviens plus à le respecter, ce type. Il est
trop impudique.

– C'est bien ce qu'il disait : tu es un ingrat. Il te
donne un scoop de rêve et pour tout remerciement, tu
le méprises.

– Mais enfin, tu n'as pas entendu les injures qu'il
m'a dites ?

– Précisément. Elles me permettent d'expliquer ta
rage.

– Je suis impatient que ce soit ton tour. On va rire.

– Moi aussi, je suis impatient que ce soit mon tour.

– Et ce qu'il a dit sur les femmes, vous avez
entendu ?

– Oh, on ne peut pas lui donner tout à fait tort.

– Vous n'avez pas honte ? Heureusement qu'il n'y a
pas de femme avec nous pour vous entendre. Au fait,
qui passe demain ?

– Un inconnu. Il n'est pas venu se présenter.

– Pour qui travaille-t-il ?

– On ne sait pas.

– N'oublie pas que Gravelin nous demande à chacun une copie de nos enregistrements. On lui doit bien ça.

– Ce type est un saint. Depuis combien d'années travaille-t-il pour Tach ? Ça n'a pas dû être drôle tous les jours.

– Oui, mais travailler pour un génie, ce doit être fascinant.

– Le génie a bon dos dans cette affaire.

– Au fait, pourquoi Gravelin veut-il écouter les bandes ?

– Besoin de mieux connaître son tortionnaire. Je comprends ça.

– Je me demande comment il fait pour supporter le gros.

– Cesse d'appeler Tach comme ça. N'oublie pas qui il est.

– Pour moi, depuis ce matin, il n'y a plus de Tach. Il sera toujours le gros. On ne devrait jamais rencontrer les écrivains.

— Qui êtes-vous ? Qu'est-ce que vous foutez là ?

— Nous sommes le 18 janvier, monsieur Tach, et c'est le jour qui m'a été attribué pour vous rencontrer.

— Vos collègues ne vous ont pas dit que...

— Je n'ai pas vu ces gens. Je n'ai aucun rapport avec eux.

— Bon point pour vous. Mais on aurait dû vous prévenir.

— Votre secrétaire, M. Gravelin, m'a fait écouter les bandes hier soir. Je suis là en pleine connaissance de cause.

— Vous savez ce que je pense de vous et vous venez quand même ?

— Oui.

— Bien. Bravo. C'était téméraire de votre part. A présent, vous pouvez partir.

— Non.

— Vous l'avez réussi, votre exploit. Qu'est-ce qu'il vous faut de plus ? Vous voulez que je vous signe une attestation ?

— Non, monsieur Tach, j'ai grande envie de vous parler.

— Écoutez, c'était très drôle, mais ma patience est limitée. Le gag est terminé : fichez le camp.

— Il n'en est pas question. J'ai reçu l'autorisation de

M. Gravelin au même titre que les autres journalistes. Alors je reste.

– Ce Gravelin est un traître. Je lui avais bien dit d'envoyer promener les magazines féminins.

– Je ne travaille pas pour un magazine féminin.

– Comment ? La presse masculine engage des femelles, maintenant ?

– Ce n'est pas une nouveauté, monsieur Tach.

– Merde alors ! Ça promet : on commence par engager des femelles, on finit par engager des nègres, des Arabes, des Irakiens !

– C'est un prix Nobel qui dit des choses aussi relevées ?

– Prix Nobel de littérature, pas prix Nobel de la paix, Dieu merci.

– Dieu merci, oui.

– Madame joue au bel esprit ?

– Mademoiselle.

– Mademoiselle ? Ça ne m'étonne pas, moche comme vous l'êtes. Et collante, avec ça ! Les hommes ont bien raison de ne pas vous épouser.

– Vous avez quelques guerres de retard, monsieur Tach. Aujourd'hui, une femme peut avoir envie de rester célibataire.

– Voyez-vous ça ! Dites plutôt que vous ne trouvez personne pour vous sauter.

– Ça, cher monsieur, c'est mon affaire.

– Oh oui, c'est votre vie privée, n'est-ce pââs ?

– Exactement. Si ça vous amuse de raconter à tout le monde que vous êtes vierge, c'est votre droit. Les autres ne sont pas obligés de vous imiter.

– Qui êtes-vous pour me juger, espèce de petite merdeuse insolente, de mocheté mal baisée ?

– Monsieur Tach, je vous donne deux minutes, montre en main, pour vous excuser de ce que vous venez

84

de dire. Si, au terme de ces deux minutes, vous ne m'avez pas présenté vos excuses, je m'en vais et je vous laisse vous emmerder dans votre immonde appartement.

L'espace d'un instant, l'obèse sembla suffoquer.

– Impertinente ! Inutile de regarder votre montre : vous pourriez rester ici deux ans, je ne vous présenterais aucune excuse. C'est à vous de vous excuser. Et puis, où allez-vous chercher que je tiens à votre présence ? Depuis que vous êtes entrée, je vous ai ordonné de vider le plancher au moins deux fois. Alors, n'attendez pas la fin de vos deux minutes, vous perdez votre temps. La porte est là ! La porte est là, vous m'entendez ?

Elle semblait ne pas entendre. Elle continuait à regarder sa montre, l'air impénétrable. Quoi de plus court que deux minutes ? Pourtant, deux minutes peuvent sembler interminables quand elles sont mesurées avec rigueur dans un silence de mort. L'indignation du vieillard eut le temps de se transformer en stupeur.

– Bien, les deux minutes sont passées. Adieu, monsieur Tach, j'ai été enchantée de vous connaître.

Elle se leva et se dirigea vers la porte.

– Ne partez pas. Je vous ordonne de rester.

– Vous avez quelque chose à me dire ?

– Asseyez-vous.

– Il est trop tard pour vous excuser, monsieur Tach. Le délai est passé.

– Restez, nom d'un chien !

– Adieu.

Elle ouvrit la porte.

– Je m'excuse, vous m'entendez ? Je m'excuse !

– Je vous ai dit qu'il était trop tard.

– Merde, c'est la première fois de ma vie que je m'excuse !

– C'est sans doute pour cela que vos excuses sont si mal présentées.

– Vous avez quelque chose à leur reprocher, à mes excuses ?

– J'ai même plusieurs choses à leur reprocher. D'abord, elles viennent trop tard : apprenez que des excuses tardives ont perdu la moitié de leurs vertus. Ensuite, si vous parliez correctement notre langue, vous sauriez qu'on ne dit pas : « Je m'excuse », on dit : « Je vous présente mes excuses », ou, mieux : « Veuillez m'excuser », ou, mieux encore : « Veuillez accepter mes excuses », mais la meilleure formule est : « Je vous prie de bien vouloir accepter mes excuses. »

– Quel charabia hypocrite !

– Hypocrite ou non, je pars à l'instant si vous ne me présentez pas des excuses en bonne et due forme.

– Je vous prie de bien vouloir accepter mes excuses.

– Mademoiselle.

– Je vous prie de bien vouloir accepter mes excuses, mademoiselle. Alors, vous êtes contente ?

– Pas du tout. Vous avez entendu le ton de votre voix ? Vous auriez employé le même ton pour me demander la marque de ma lingerie.

– Quelle est la marque de votre lingerie ?

– Adieu, monsieur Tach.

Elle ouvrit la porte à nouveau. L'obèse cria, empressé :

– Je vous prie de bien vouloir accepter mes excuses, mademoiselle.

– C'est mieux. La prochaine fois, soyez plus rapide. Pour vous punir de votre lenteur, je vous ordonne de me dire pourquoi vous ne voulez pas que je parte.

– Quoi, c'est pas encore fini ?

– Non. Je trouve que je mérite des excuses parfaites. En vous limitant à une simple formule, vous n'étiez pas très crédible. Pour que je sois convaincue, j'ai besoin que vous vous justifiiez, que vous me donniez envie de vous pardonner – car je ne vous ai pas encore pardonné, ce serait trop facile.

– Vous exagérez !

– C'est vous qui me dites ça ?

– Allez vous faire foutre.

– Très bien.

Elle ouvrit la porte encore une fois.

– Je ne veux pas que vous partiez parce que je m'emmerde ! Ça fait vingt-quatre ans que je m'emmerde !

– Nous y voilà.

– Soyez heureuse, vous pourrez raconter dans votre canard que Prétextat Tach est un pauvre vieux qui s'emmerde depuis vingt-quatre ans. Vous pourrez m'offrir en pâture à l'odieuse commisération des foules.

– Cher monsieur, je savais que vous vous emmerdiez. Vous ne m'apprenez rien.

– Vous bluffez. Comment auriez-vous pu le savoir ?

– Il y a des contradictions qui ne trompent pas. J'ai écouté les enregistrements des autres journalistes en compagnie de M. Gravelin. Vous y disiez que votre secrétaire avait organisé les entrevues avec la presse contre votre gré. M. Gravelin m'a certifié le contraire : il m'a raconté combien vous vous étiez réjoui à l'idée d'être interviewé.

– Le traître !

– Il n'y a pas de quoi rougir, monsieur Tach. Quand j'ai appris ça, je vous ai trouvé sympathique.

– Je n'en ai rien à foutre, de votre sympathie.

– Vous ne voulez pourtant pas que je parte. A quel divertissement comptez-vous vous livrer avec moi ?

– J'ai très envie de vous emmerder. Rien ne m'amuse autant.

– Vous m'en voyez ravie. Et vous vous imaginez que ça va me donner envie de rester ?

– Un des plus grands écrivains du siècle vous fait l'honneur démesuré de vous dire qu'il a besoin de vous, et ça ne vous suffit pas ?

– Vous voudriez peut-être que je pleure d'allégresse et que je baigne vos pieds de mes larmes ?

– Ça me plairait assez, oui. J'aime qu'on rampe devant moi.

– En ce cas, ne me retenez plus : ce n'est pas mon genre.

– Restez : vous êtes coriace, ça m'amuse. Puisque vous ne semblez pas déterminée à me pardonner, faisons un pari, voulez-vous ? Je vous parie qu'à la fin de l'interview, je vous aurai fait rendre gorge comme à vos prédécesseurs. Vous aimez les paris, non ?

– Je n'aime pas les paris gratuits. Il me faut un enjeu.

– Intéressée, hein ? C'est du fric que vous voulez ?

– Non.

– Oh, mademoiselle est au-dessus de ces choses-là ?

– Pas du tout. Mais si je voulais du fric, je me serais adressée à plus riche que vous. Et de vous, je désire autre chose.

– Pas mon pucelage, quand même ?

– Il vous obsède, ce pucelage. Non, il faudrait vraiment que je sois en manque pour désirer une pareille horreur.

– Merci. Que voulez-vous, alors ?

– Vous parliez de ramper. Je propose que l'enjeu soit identique pour nous deux : si je craque, c'est moi qui rampe à vos pieds, mais si vous craquez, c'est à vous de ramper à mes pieds. Moi aussi, j'aime qu'on rampe devant moi.

– Vous êtes touchante, de vous croire capable de vous mesurer à moi.

– Il me semble avoir déjà remporté une première manche tout à l'heure.

– Ma pauvre enfant, vous appelez ça une première manche ? Ce n'étaient que d'adorables préliminaires.

– Au terme desquels je vous ai écrasé.

– Peut-être. Mais vous disposiez pour cette victoire d'un seul argument massue, que vous n'avez plus maintenant.

– Ah ?

– Oui, votre argument était de prendre la porte. A présent vous n'en seriez plus capable, vous désirez trop l'enjeu. J'ai vu vos yeux briller à l'idée que je rampe à vos pieds. Cette perspective vous plaît trop. Vous ne partirez pas avant la fin du pari.

– Vous le regretterez peut-être.

– Peut-être. Entre-temps, je sens que je vais m'amuser. J'adore écraser les gens, désarçonner la mauvaise foi dont vous êtes tous les suppôts. Et il y a un exercice qui me fait particulièrement jouir : humilier les femelles prétentieuses, les merdeuses dans votre genre.

– Moi, mon divertissement de prédilection, c'est dégonfler les grosses baudruches satisfaites d'elles-mêmes.

– Ce que vous venez de dire est tellement typique de votre époque. Aurais-je affaire à un moulinet à slogans ?

– Ne vous inquiétez pas, monsieur Tach : vous aussi, par votre hargne réactionnaire, par votre racisme ordinaire, vous êtes typique de notre époque. Vous étiez fier, n'est-ce pas, de vous croire anachronique ? Vous ne l'êtes pas du tout. Historiquement, vous n'êtes même pas original : chaque génération a eu son imprécateur, son monstre sacré dont la gloire reposait uniquement sur la terreur qu'il inspirait aux âmes naïves. Est-il nécessaire de vous dire combien cette gloire-là est fragile et qu'on vous oubliera ? Vous aviez raison d'affirmer que personne ne vous lit. A présent, votre grossièreté et vos injures rappellent au monde votre existence ; quand vos cris se seront tus, plus personne ne se souviendra de vous puisque personne ne vous lira. Et ce sera tant mieux.

– Quel délicieux petit morceau d'éloquence, mademoiselle ! Où diable avez-vous été formée ? Ce mélange d'agressivité minable et d'envolées cicéroniennes, le tout nuancé (si l'on peut dire) de petites touches hégéliennes et sociolâtres : un chef-d'œuvre.

– Cher monsieur, je vous rappelle que, pari ou pas pari, je suis toujours journaliste. Tout ce que vous dites est enregistré.

– Formidable. Nous sommes en train d'enrichir la pensée occidentale de sa dialectique la plus brillante.

– Dialectique, c'est le mot qu'on emploie quand on n'en a plus aucun autre en réserve, non ?

– Bien vu. C'est le joker des salons.

– Dois-je en conclure que vous n'avez déjà plus rien à me dire ?

– Je n'ai jamais rien eu à vous dire, mademoiselle. Quand on s'emmerde comme je m'emmerde depuis vingt-quatre ans, on n'a rien à dire aux gens. Si on aspire cependant à leur compagnie, c'est dans l'espoir d'être diverti, sinon par leur esprit, au moins par leur bêtise. Alors, faites quelque chose, divertissez-moi.

– Je ne sais si je parviendrai à vous divertir, mais je suis certaine de parvenir à vous déranger.

– Me déranger ! Ma pauvre enfant, mon estime pour vous vient de chuter en dessous de zéro. Me déranger ! Enfin, vous auriez pu dire pire, vous auriez pu dire déranger tout court. De quelle époque date cet emploi intransitif du verbe déranger ? De Mai 68 ? Ça ne m'étonnerait pas, ça pue son petit cocktail Molotov, sa petite barricade, sa petite révolution pour étudiants bien nourris, ses petits lendemains qui chantent pour fils de famille. Vouloir « déranger », c'est vouloir « remettre en question », « conscientiser » – et pas d'objet direct, s'il vous plaît, ça fait tellement plus intelligent, et puis c'est bien pratique parce que, au fond, ça permet de ne pas préciser ce qu'on serait incapable de préciser.

– Pourquoi perdez-vous votre temps à me dire ça ? Je l'avais précisé, mon objet direct : j'avais dit « vous déranger ».

– Ouais. Ce n'est pas beaucoup mieux. Ma pauvre enfant, vous auriez fait une parfaite assistante sociale. Le plus drôle, c'est la fierté de ces gens qui déclarent vouloir déranger : ils vous parlent avec l'autosatisfaction des messies en voie de développement. C'est qu'ils ont une mission, ma parole ! Eh bien, allez-y, conscientisez-moi, dérangez-moi, qu'on se marre un peu.

– C'est extraordinaire, je vous divertis déjà.

– Je suis bon public. Continuez.

– Soit. Tout à l'heure, vous disiez que vous n'aviez rien à me dire. Ce n'est pas réciproque.

– Laissez-moi deviner. Qu'est-ce qu'une petite femelle de votre espèce pourrait trouver à me dire ? Que la femme n'est pas valorisée dans mon œuvre ? Que sans femme, l'homme n'atteindra jamais son épanouissement ?

– Raté.

– Alors, vous voulez peut-être savoir qui fait le ménage ici ?

– Pourquoi pas ? Ça vous donnera l'occasion d'être intéressant, pour une fois.

– C'est ça, jouez la provocation, c'est l'arme des minables. Eh bien, apprenez qu'une dame portugaise vient chaque jeudi après-midi nettoyer mon appartement et prendre mon linge sale. Voilà au moins une femme qui a un emploi respectable.

– Dans votre idéologie, la femme est à la maison, avec un torchon et un balai, n'est-ce pas ?

– Dans mon idéologie, la femme n'existe pas.

– De mieux en mieux. Le jury du Nobel avait dû attraper une solide insolation, le jour où il vous a élu.

– Pour une fois, nous sommes d'accord. Ce prix Nobel est un sommet dans l'histoire des malentendus. M'attribuer, à moi, le prix Nobel de littérature équivaut à donner le prix Nobel de la paix à Saddam Hussein.

– Ne vous vantez pas. Saddam est plus célèbre que vous.

– Normal, on ne me lit pas. Si on me lisait, je serais plus nocif et donc plus célèbre que lui.

– Seulement voilà, on ne vous lit pas. Comment expliquez-vous ce refus universel de vous lire ?

– Instinct de conservation. Réflexe immunitaire.

– Vous trouvez toujours des explications flatteuses pour vous. Et si on ne vous lisait pas tout simplement parce que vous êtes ennuyeux ?

– Ennuyeux ? Quel euphémisme exquis. Pourquoi ne dites-vous pas chiant ?

– Je ne vois pas la nécessité de s'en tenir à un langage ordurier. Mais n'éludez pas ma question, cher monsieur.

– Suis-je ennuyeux ? Je vais vous donner une réponse éblouissante de bonne foi : je n'en sais rien. De tous les habitants de cette planète, je suis l'être le moins bien placé pour le savoir. Kant pensait certainement que *Critique de la raison pure* était un livre passionnant, et ce n'était pas de sa faute : il avait le nez dessus. Aussi me vois-je dans l'obligation, mademoiselle, de vous rendre votre question toute nue : suis-je ennuyeux ? Si sotte que vous soyez, votre réponse a plus d'intérêt que la mienne, même si vous ne m'avez pas lu, ce qui est hors de doute.

– Erreur. Vous avez devant vous l'un des rares êtres humains à avoir lu vos vingt-deux romans, sans en avoir sauté une ligne.

L'obèse en resta sans voix pendant quarante secondes.

– Bravo. J'aime les gens capables de mensonges aussi énormes.

– Navrée, c'est la vérité. J'ai tout lu de vous.

– Sous la menace d'un revolver ?

– De ma propre volonté – non, de mon propre désir.

– Impossible. Si vous aviez tout lu de moi, vous ne seriez pas telle que je vous vois.

– Et que voyez-vous de moi, au juste ?

– Je vois une petite femelle insignifiante.

– Prétendez-vous distinguer ce qui se passe dans la tête de cette petite femelle insignifiante ?

– Comment, il se passe quelque chose, dans votre tête ? *Tota mulier in utero.*

– Hélas, ce n'est pas avec mon ventre que je vous ai lu. Vous serez donc forcé de subir mes opinions.

– Allez-y, voyons un peu ce que vous appelez « opinion ».

– Avant tout, pour répondre à votre première question, je ne me suis pas ennuyée un seul instant en lisant vos vingt-deux romans.

– Comme c'est étrange. Je pensais qu'il était assommant de lire sans comprendre.

– Et écrire sans comprendre, c'est ennuyeux ?

– Vous suggérez que je ne comprends pas mes propres livres ?

– Je dirais plutôt que vos bouquins regorgent d'esbroufe. Et ça fait partie de leur charme : en vous lisant, j'ai senti une alternance continuelle entre des passages lourds de sens et des parenthèses de bluff absolu – absolu parce que bluffant tant l'auteur que le lecteur. J'imagine la jubilation que vous avez dû éprouver à donner à ces parenthèses brillamment creuses, solennellement délirantes, les apparences de la profondeur et de la nécessité. Pour un être aussi virtuose que vous, le jeu a dû être exquis.

– Qu'est-ce que vous radotez ?

– Pour moi aussi, ce fut exquis. Trouver tant de mauvaise foi sous la plume d'un écrivain qui prétend la combattre, c'était charmant. C'eût été irritant si votre mauvaise foi avait été homogène. Mais passer sans cesse de la bonne à la mauvaise foi, c'est d'une malhonnêteté géniale.

– Et vous vous estimez capable de différencier l'une de l'autre, petite femelle prétentieuse ?

– Quoi de plus simple ? Chaque fois qu'un passage me faisait rire aux éclats, je comprenais qu'il y avait du bluff là-dessous. Et j'ai trouvé ça très habile : lutter contre la mauvaise foi par la mauvaise foi, par le terrorisme intellectuel, être encore plus sournois que son adversaire, c'est une excellente tactique. Un peu trop excellente, d'ailleurs, car trop fine pour un ennemi aussi grossier. Ce n'est pas moi qui vous apprendrai que le machiavélisme fait rarement mouche : les massues écrasent mieux que les engrenages subtils.

– Vous dites que je bluffe : quel piètre bluffeur je fais, en comparaison de vous qui prétendez avoir tout lu de moi.

– Tout ce qui était disponible, oui. Interrogez-moi si vous tenez à vérifier.

– C'est ça, comme pour les tintinolâtres : « Quel est le numéro de la plaque d'immatriculation de la Volvo rouge dans *L'Affaire Tournesol* ? » Grotesque. Ne comptez pas sur moi pour déshonorer mes œuvres avec de pareils procédés.

– Que dois-je faire pour vous convaincre, alors ?

– Rien. Vous ne me convaincrez pas.

– En ce cas, je n'ai rien à perdre.

– Vous n'avez jamais rien eu à perdre avec moi. Votre sexe vous condamnait dès le départ.

– A ce propos, je me suis livrée à un petit survol de vos personnages féminins.

– J'en étais sûr. Ça promet.

– Vous disiez tout à l'heure que, dans votre idéologie, la femme n'existait pas. Je trouve étonnant qu'un homme qui professe de telles sentences ait créé tant de femmes de papier. Je ne les passerai pas toutes en revue, mais j'ai dénombré dans votre œuvre quelque quarante-six personnages féminins.

– Je me demande bien ce que ça prouve.

– Ça prouve que la femme existe dans votre idéologie : première contradiction. Et vous verrez, il y en aura d'autres.

– Oh ! mademoiselle fait la chasse aux contradictions ! Apprenez, espèce d'institutrice, que Prétextat Tach a élevé la contradiction au niveau des beaux-arts. Pouvez-vous imaginer plus élégant, plus subtil, plus déconcertant et plus aigu que mon système d'auto-contradiction ? Et voilà qu'une petite dinde, à laquelle il ne manque que les lunettes, vient d'un air triomphant m'annoncer qu'elle a débusqué quelques fâcheuses contradictions dans mon œuvre ! N'est-il pas merveilleux d'être lu par un public aussi fin ?

– Je n'ai jamais dit que cette contradiction était fâcheuse.

– Non, mais il était clair que vous le pensiez.

– Je suis mieux placée que vous pour savoir ce que je pense.

– Ça reste à prouver.

– Et, en l'occurrence, je trouvais cette contradiction intéressante.

– Juste ciel.

– Quarante-six personnages féminins, disais-je donc.

– Pour que votre comptage présente un quelconque intérêt, il aurait fallu dénombrer aussi les personnages masculins, mon enfant.

– Je l'ai fait.

– Quelle présence d'esprit.

– Cent soixante-trois personnages masculins.

– Ma pauvre petite, si vous ne m'inspiriez pas tant de pitié, je ne me priverais pas de rire d'une telle disproportion.

– La pitié est un sentiment à proscrire.

– Oh ! Elle a lu Zweig ! Comme elle est cultivée ! Voyez-vous, très chère, les rustres qui me ressemblent s'en tiennent à Montherlant, dont la lecture semble vous faire cruellement défaut. J'ai pitié des femmes, donc je les hais, et inversement.

– Puisque vous avez des sentiments si sains vis-à-vis de notre sexe, expliquez-moi pourquoi vous avez créé quarante-six personnages féminins.

– Pas question : c'est vous qui allez me l'expliquer. Pour rien au monde je ne renoncerais à un pareil divertissement.

– Ce n'est pas à moi de vous expliquer votre œuvre. En revanche, je puis vous faire part de quelques constatations.

– Faites, je vous prie.

– Je vous les livre pêle-mêle. Vous avez écrit des livres sans femme : *Apologétique de la dyspepsie*, bien sûr...

– Pourquoi « bien sûr » ?

– Parce que c'est un livre sans personnage, voyons.

– C'est donc vrai que vous m'avez lu, au moins partiellement.

– Il n'y a pas de femme non plus dans *Le Dissolvant*, *Perles pour un massacre*, *Bouddha dans un verre d'eau*, *Attentat à la laideur*, *Sinistre total*, *La mort et j'en passe*, ni même – ceci est plus étonnant – dans *Le Poker, la Femme, les Autres*.

– Quelle exquise subtilité de ma part.

– Ça nous fait donc huit romans sans femme. Vingt-deux moins huit égalent quatorze. Il nous reste quatorze romans qui se partagent les quarante-six personnages féminins.

– C'est beau, la science.

– La répartition n'est bien sûr pas homogène, parmi les quatorze livres restants.

– Pourquoi « bien sûr » ? J'ai horreur de tous ces « bien sûr » dont vous vous croyez obligée d'user pour parler de mes bouquins, comme si mon œuvre était chose si prévisible aux ressorts si transparents.

– C'est précisément parce que votre œuvre est imprévisible que j'ai employé ce « bien sûr ».

– Pas de sophisme, je vous prie.

– Le record absolu de personnages féminins est détenu par *Viols gratuits entre deux guerres* dans lequel figurent vingt-trois femmes.

– Ça s'explique.

– Quarante-six moins vingt-trois égalent vingt-trois. Il nous reste treize romans et vingt-trois femmes.

– Statistique admirable.

– Vous avez écrit quatre romans monogynes, si je puis me permettre un néologisme aussi incongru.

– Mais pouvez-vous vous le permettre ?

– Ce sont *Prière avec effraction*, *Le Sauna et autres Luxures*, *La Prose de l'épilation* et *Crever sans adverbe*.

97

– Que nous reste-t-il comme effectif ?

– Neuf romans et dix-neuf femmes.

– Répartition ?

– *Les Sales Gens* : trois femmes. Tous les autres livres sont dygynes : *La Crucifixion sans peine*, *Le Désordre de la jarretière*, *Urbi et Orbi*, *Les Esclaves oasiennes*, *Membranes*, *Trois boudoirs*, *La Grâce concomitante* – il en manque un.

– Non, vous les avez tous dits.

– Vous croyez ?

– Oui, vous avez bien étudié votre leçon.

– Je suis convaincue qu'il en manque un. Je devrais recompter depuis le début.

– Ah non, vous n'allez pas recommencer !

– Il le faudra bien, sinon mes statistiques s'écroulent.

– Je vous donne mon absolution.

– Tant pis, je recommence. Avez-vous une feuille de papier et un crayon ?

– Non.

– Allons, monsieur Tach, aidez-moi, nous gagnerons du temps.

– Je vous ai dit de ne pas recommencer. Vous êtes assommante avec vos énumérations !

– Alors, évitez-moi de recommencer, et dites-moi le titre manquant.

– Mais je n'en ai aucune idée. J'avais déjà oublié la moitié des titres que vous avez recensés.

– Vous oubliez vos œuvres ?

– Naturellement. Vous verrez, quand vous aurez quatre-vingt-trois ans.

– Quand même, il y a certains de vos romans que vous n'avez pas pu oublier.

– Sans doute, mais lesquels, au juste ?

– Ce n'est pas à moi de vous les dire.

– Quel dommage. Votre jugement m'amuse tellement.

– J'en suis ravie. A présent, un peu de silence, s'il
vous plaît. Je reprends : *Apologétique de la dyspepsie*,
cela nous fait un, *Le Dissolvant*...

– Vous vous foutez de ma gueule ou quoi ?

– ... cela nous fait deux. *Perles pour un massacre*,
trois.

– Auriez-vous des boules Quiès ?

– Auriez-vous le titre manquant ?

– Non.

– Tant pis. *Bouddha dans un verre d'eau*, quatre.
Attentat à la laideur, cinq.

– 165. 28. 3 925. 424.

– Vous ne parviendrez pas à me perturber. *Sinistre
total*, six. *La mort et j'en passe*, sept.

– Voulez-vous un caramel ?

– Non. *Le Poker, la Femme, les Autres*, huit. *Viols
gratuits entre deux guerres*, neuf.

– Voulez-vous un alexandra ?

– Taisez-vous. *Prière avec effraction*, dix.

– Vous surveillez votre ligne, hein ? J'en étais sûr.
Vous ne vous trouvez pas assez maigre comme ça ?

– *Le Sauna et autres Luxures*, onze.

– Je m'attendais à une réponse de ce genre.

– *La Prose de l'épilation*, douze.

– Dites donc, c'est dingue, vous me les récitez exactement dans le même ordre que la première fois.

– Vous voyez bien que vous avez une excellente
mémoire. *Crever sans adverbe*, treize.

– Il ne faut rien exagérer. Mais pourquoi ne pas les
énumérer dans leur ordre chronologique ?

– Vous vous souvenez même de leur ordre chronologique ? *Les Sales Gens*, quatorze. *La Crucifixion sans
peine*, quinze.

– Soyez gentille, arrêtez.

– A une seule condition : donnez-moi le titre manquant. Vous avez bien trop bonne mémoire pour l'avoir oublié.

– C'est pourtant vrai. L'amnésie a de ces incohérences.

– *Le Désordre de la jarretière*, seize.

– Vous allez continuer longtemps comme ça ?

– Le temps qu'il faudra pour tonifier votre mémoire.

– Ma mémoire ? Vous avez bien dit « ma » mémoire ?

– De fait.

– Dois-je comprendre que vous, vous n'avez pas oublié le roman en question ?

– Comment aurais-je pu l'oublier ?

– Mais pourquoi ne le dites-vous pas vous-même, alors ?

– Je veux l'entendre de votre bouche.

– Puisque je vous répète que je ne m'en souviens pas.

– Je ne vous crois pas. Vous auriez pu oublier tous les autres, mais pas celui-là.

– Qu'a-t-il donc de si extraordinaire ?

– Vous le savez bien.

– Non. Je suis un génie qui s'ignore.

– Laissez-moi rire.

– Enfin, si ce roman était si fabuleux, on m'en aurait déjà parlé. Or, on ne m'a jamais parlé de celui-là. Quand il est question de mon œuvre, on cite toujours les quatre mêmes bouquins.

– Vous savez très bien que ça ne veut rien dire.

– Oh, je vois. Mademoiselle est une snob de salon. Vous êtes du style à vous exclamer : « Cher ami, connaissez-vous Proust ? Mais non, pas *La Recherche*, ne soyez pas vulgaire. Je vous parle de son article paru en 1904 dans *Le Figaro*... »

– Admettons, je suis snob. Le titre manquant, s'il vous plaît.

– Hélas, il ne me plaît pas.

– Voilà qui confirme mes présomptions.

– Vos présomptions ? Voyez-vous ça.

– Bien. Puisque vous refusez de coopérer, il va falloir que je recommence mon énumération – je ne me souviens plus où j'en étais.

– Vous n'avez aucun besoin de répéter votre litanie, vous connaissez ce titre manquant.

– Hélas, je crains de l'avoir oublié à nouveau. *Apologétique de la dyspepsie*, un.

– Encore un mot, et je vous étrangle, tout impotent que je suis.

– Étrangler ? Le choix de ce verbe me paraît révélateur.

– Vous préféreriez que je vous fasse le coup du lapin ?

– Cette fois, cher monsieur, vous ne parviendrez pas à éviter le sujet. Parlez-moi donc de la strangulation.

– Quoi, j'ai écrit un bouquin qui s'appelait comme ça ?

– Pas exactement.

– Écoutez, vous devenez horripilante avec vos devinettes. Dites-moi ce titre et qu'on en finisse.

– Je ne suis pas pressée d'en finir. Je m'amuse beaucoup.

– Vous êtes bien la seule.

– La situation est d'autant plus plaisante. Mais ne nous égarons pas. Parlez-moi de la strangulation, cher monsieur.

– Je n'ai rien à dire à ce sujet.

– Ah non ? Pourquoi m'en menaciez-vous, alors ?

– Je disais ça comme ça, enfin, comme j'aurais dit :
« Allez vous faire cuire un œuf ! »

– Oui. Et pourtant, comme par hasard, vous avez préféré me menacer de strangulation. Étrange.

– Où voulez-vous en venir ? Vous êtes peut-être une maniaque des lapsus freudiens ? Il ne manquait plus que ça.

– Je ne croyais pas aux lapsus freudiens. Depuis une minute, je commence à y croire.

- Je ne croyais pas à l'efficacité de la torture verbale. Depuis plusieurs minutes, je commence à y croire.

– Vous me flattez. Mais jouons cartes sur table, voulez-vous ? J'ai tout mon temps, et aussi longtemps que vous n'aurez pas exhumé le titre manquant de votre mémoire, aussi longtemps que vous n'aurez pas parlé de la strangulation, je ne vous lâcherai pas.

– Vous n'avez pas honte de vous en prendre à un vieillard impotent, obèse, démuni et malade ?

– Je ne sais pas ce que c'est que la honte.

– Encore une vertu que vos professeurs oublient de vous inculquer.

– Monsieur Tach, vous non plus vous ne savez pas ce que c'est que la honte.

– Normal. Je n'ai aucune raison d'avoir honte.

– N'aviez-vous pas dit que vos livres étaient nocifs ?

– Précisément : j'aurais honte de ne pas avoir nui à l'humanité.

– En l'occurrence, ce n'est pas l'humanité qui m'intéresse.

Vous avez raison, l'humanité n'est pas intéressante.

– Les individus sont intéressants, n'est-ce pas ?

– En effet, ils sont si rares.

– Parlez-moi d'un individu que vous avez connu.

– Eh bien, Céline, par exemple.

– Ah non, pas Céline.

– Comment ? Il n'est pas assez intéressant pour mademoiselle ?

– Parlez-moi d'un individu que vous avez connu en chair et en os, avec lequel vous avez vécu, parlé, etc.

– L'infirmière ?

– Non, pas l'infirmière. Allons, vous savez où je veux en venir. Vous le savez très bien.

– Je n'en ai aucune idée, emmerdeuse.

– Je vais vous raconter une petite histoire, qui aidera peut-être votre cerveau sénile à retrouver ses souvenirs.

– C'est ça. Puisque je vais être dispensé de parler pendant quelque temps, je demande la permission de prendre des caramels. J'en ai bien besoin, avec les tourments que vous me faites endurer.

– Permission accordée.

Le romancier mit en bouche un gros caramel carré.

– Mon histoire commence par une découverte étonnante. Les journalistes sont des êtres dénués de scrupules, vous le savez. J'ai donc fouillé votre passé sans vous consulter puisque vous me l'auriez interdit. Je vous vois sourire et je sais ce que vous pensez : que vous n'avez laissé aucune trace de vous, que vous êtes le dernier représentant de votre famille, que vous n'avez jamais eu d'ami, bref, que rien ne pourrait me renseigner sur votre passé. Erreur, cher monsieur. Il faut se méfier des témoins sournois. Il faut se méfier des lieux où l'on a vécu. Ils parlent. Je vous vois rire à nouveau. Oui, le château de votre enfance a brûlé il y a soixante-cinq ans. Étrange incendie, d'ailleurs, jamais expliqué.

– Comment avez-vous entendu parler du château ? demanda l'obèse d'une voix lénifiante, engluée de caramel.

– Ça, ce fut très facile. Des recherches élémentaires dans les registres, les archives – nous sommes bien placés, nous autres journalistes. Voyez-vous, monsieur

Tach, je n'ai pas attendu le 10 janvier pour m'intéresser à vous. Ça fait des années que je me suis penchée sur votre cas.

— Comme vous êtes industrieuse ! Vous aviez pensé : « Le vieux n'en a plus pour longtemps, soyons prête pour le jour de sa mort », n'est-ce pas ?

— Cessez de parler en mâchant ce caramel, c'est dégoûtant. Je reprends mon récit. Mes recherches furent longues et hasardeuses, mais pas difficiles. J'ai fini par retrouver trace des derniers Tach connus au bataillon : on signale en 1909 le décès de Casimir et Célestine Tach, morts noyés par la marée du Mont-Saint-Michel où le jeune couple s'était rendu en voyage. Mariés depuis deux ans, ils laissaient un enfant de un an, je vous laisse deviner qui. En apprenant la mort tragique de leur fils unique, les parents de Casimir Tach meurent de chagrin. Il ne reste plus qu'un seul Tach, le petit Prétextat. Là, il m'a été plus difficile de suivre votre parcours. J'ai eu l'idée lumineuse de chercher le nom de jeune fille de votre mère et j'ai appris que, si votre père descendait d'une obscure famille, Célestine, elle, était née marquise de Planèze de Saint-Sulpice, branche aujourd'hui éteinte, à ne pas confondre avec les comtes et comtesses de Planèze...

— Vous avez l'intention de me faire l'historique d'une famille qui n'est pas la mienne ?

— Vous avez raison, je m'égare. Revenons-en aux Planèze de Saint-Sulpice : une lignée déjà fort clairsemée en 1909, mais aux quartiers de noblesse écrasants. Apprenant le décès de leur fille, le marquis et la marquise décident de prendre en charge leur petit-fils désormais orphelin, et c'est ainsi que vous vous établissez au château de Saint-Sulpice à l'âge de un an. Vous y êtes choyé non seulement par votre nourrice et vos grands-parents, mais aussi par votre oncle et votre tante, Cyprien et Cosima de Planèze, frère et belle-sœur de votre mère.

– Ces détails généalogiques sont d'un intérêt à couper le souffle.

– N'est-ce pas ? Et que direz-vous de la suite ?

– Comment ? Ce n'est pas encore fini ?

– Certainement pas. Vous n'avez pas deux ans, et je tiens à raconter votre vie jusqu'à vos dix-huit ans.

– Ça promet.

– Si vous l'aviez racontée vous-même, je n'aurais pas à le faire.

– Et si je n'avais pas envie d'en parler, hein ?

– C'était donc que vous aviez quelque chose à cacher.

– Pas forcément.

– Il est trop tôt pour aborder cette question-là. Entretemps, vous êtes un bébé adoré par sa famille, malgré la mésalliance de votre mère. J'ai vu des croquis du château aujourd'hui disparu : c'était une splendeur. Quelle enfance de rêve vous avez dû avoir !

– Votre canard, c'est *Point de vue Images* ?

– Vous avez deux ans quand votre oncle et votre tante donnent le jour à leur unique enfant, Léopoldine de Planèze de Saint-Sulpice.

– Ça vous fait baver, un nom pareil, hein ? C'est pas vous qui pourriez vous appeler comme ça.

– Oui, mais moi au moins je suis en vie.

– Ça vous fait une belle jambe.

– Dois-je continuer ou voulez-vous que je vous laisse la parole ? Votre mémoire doit être ressuscitée à présent.

– Poursuivez, je vous en prie, je m'amuse follement.

– Tant mieux, parce que c'est encore loin d'être fini. Ainsi donc, on vous procure la seule chose qui vous manquait : une compagnie de votre âge. Vous ne connaîtrez jamais les journées moroses des enfants

uniques et sans amis ; certes, vous n'irez jamais à
l'école, vous n'aurez jamais de camarades de classe,
mais vous avez désormais beaucoup mieux : une petite
cousine adorable. Vous devenez inséparables. Dois-je
vous préciser le document qui m'a fourni ce genre de
détail ?

– Votre imagination, je suppose.

– Partiellement. Mais l'imagination a besoin de
combustible, monsieur Tach, et ce combustible, c'est à
vous que je le dois.

– Cessez de vous interrompre continuellement, et
racontez-moi mon enfance, j'en ai les larmes aux yeux.

– Raillez, cher monsieur. Il y aurait de quoi avoir les
larmes aux yeux. Vous avez eu une enfance bien trop
belle. Vous aviez tout ce que l'on peut rêver, et plus
encore : un château, un vaste domaine avec des lacs et
des forêts, des chevaux, une formidable aisance maté-
rielle, une famille adoptive qui vous choyait, un précepteur peu autoritaire et souvent malade, des domes-
tiques aimants, et surtout vous aviez Léopoldine.

– Dites-moi la vérité : vous n'êtes pas journaliste.
Vous cherchez de la documentation pour écrire un
roman à l'eau de rose.

– A l'eau de rose ? C'est ce que nous verrons. Je
reprends mon récit. Bien sûr, en 14, il y a la guerre,
mais les enfants s'accommodent des guerres, surtout
les gosses de riches. Du fond de votre paradis, ce conflit
vous paraît dérisoire et n'entrave nullement le cours
long et lent de votre bonheur.

– Ma chère, vous êtes une conteuse hors pair.

– Moins que vous.

– Poursuivez.

– Les années s'écoulent à peine. L'enfance est une
aventure si peu rapide. Qu'est-ce qu'un an pour un
adulte ? Pour un gosse, un an est un siècle, et pour vous

ces siècles étaient d'or et d'argent. Les avocats invoquent une enfance malheureuse comme circonstance atténuante. En sondant votre passé, je me suis rendu compte qu'une enfance trop heureuse pouvait elle aussi servir de circonstance atténuante.

– Pourquoi cherchez-vous à me faire bénéficier de circonstances atténuantes ? Je n'en ai aucun besoin.

– Nous verrons. Léopoldine et vous n'êtes jamais séparés. Vous ne pourriez vivre l'un sans l'autre.

– Cousin-cousine, c'est vieux comme le monde.

– A un pareil degré d'intimité, peut-on encore parler de cousin-cousine ?

– Frère et sœur, si vous préférez.

– Frère et sœur incestueux, alors.

– Ça vous choque ? Ça s'est vu dans les meilleures familles. A preuve.

– Je crois que c'est à vous de raconter la suite.

– Je n'en ferai rien.

– Vous voulez vraiment que je continue ?

– Vous m'obligeriez.

– Je ne demande qu'à vous obliger, mais si je poursuivais mon récit au stade où j'en suis arrivée, ce ne serait qu'une pâle et médiocre paraphrase du plus beau, du plus insolite et du moins connu de vos romans.

– J'adore les paraphrases pâles et médiocres.

– Tant pis pour vous, vous l'aurez voulu. Au fait, me donnez-vous raison ?

– A quel sujet ?

– D'avoir classé ce roman dans vos œuvres à deux personnages féminins et non à trois personnages féminins.

– Je vous donne absolument raison, chère.

– En ce cas, je n'ai plus peur de rien. Le reste est littérature, n'est-ce pas ?

– Le reste n'est effectivement que mon œuvre. A

cette époque-là, je n'avais d'autre papier que ma vie, ni d'autre encre que mon sang.

– Ou celui des autres.

– Elle n'était pas une autre.

– Qui était-elle donc ?

– C'est ce que je n'ai jamais su ; mais elle n'était pas une autre, ceci est certain. J'attends toujours votre paraphrase, très chère.

– C'est juste. Les années passent et elles se passent bien, trop bien. Léopoldine et vous n'avez jamais connu autre chose que cette vie-là, et pourtant vous êtes conscients de son anormalité et de votre excès de chance. Du fond de votre Éden, vous commencez à éprouver ce que vous appelez « l'angoisse des élus » et dont la teneur est la suivante : « Combien de temps une telle perfection pourra-t-elle durer ? » Cette angoisse, comme toutes les angoisses, porte votre euphorie à son comble tout en la fragilisant dangereusement, de plus en plus dangereusement. Les années passent encore. Vous avez quatorze ans, votre cousine en a douze. Vous avez atteint le point culminant de l'enfance, ce que Tournier appelle la « pleine maturité de l'enfance ». Modelés par une vie de rêve, vous êtes des enfants de rêve. On ne vous l'a jamais dit, mais vous savez obscurément qu'une dégradation terrible vous attend, qui s'en prendra à vos corps idéaux et à vos humeurs non moins idéales pour faire de vous des acnéiques tourmentés. Là, je vous soupçonne d'être à l'origine du projet démentiel qui va suivre.

– Ça y est, vous cherchez déjà à disculper ma complice.

– Je ne vois pas de quoi je devrais la disculper. L'idée était de vous, n'est-ce pas ?

– Oui, mais cette idée n'était pas criminelle.

– *A priori* non, mais elle le devenait par ses conséquences et surtout par son impraticabilité qui devait surgir tôt ou tard.

– Tard, en l'occurrence.

– N'anticipons pas. Vous avez quatorze ans, Léopoldine en a douze. Elle est à votre dévotion et vous pouvez lui faire avaler n'importe quoi.

– Ce n'était pas n'importe quoi.

– Non, c'était pire. Vous la convainquez que la puberté est le pire des maux mais qu'elle est évitable.

– Elle l'est.

– Vous le croyez encore ?

– Je n'ai jamais cessé de le croire.

– Vous avez donc toujours été dingue.

– Dans mon optique, j'ai toujours été le seul à être sain d'esprit.

– Évidemment. A quatorze ans, vous êtes déjà si sain d'esprit que vous décidez solennellement de ne jamais entrer dans l'adolescence. Votre emprise sur votre cousine est telle que vous lui faites prêter un serment identique au vôtre.

– N'est-ce pas adorable ?

– C'est selon. Car vous êtes déjà Prétextat Tach et vous assortissez votre serment grandiose de non moins grandioses dispositions punitives en cas de parjure. En termes plus clairs, vous jurez et faites jurer à Léopoldine que si l'un des deux trahit sa promesse et devient pubère, l'autre le tuera, purement et simplement.

– A quatorze ans déjà, une âme de titan !

– Je suppose que bien d'autres enfants ont conçu le projet de ne jamais quitter l'enfance, avec des succès divers mais toujours précaires. Or, vous deux, vous semblez y parvenir. Il est vrai que vous y mettez une détermination peu commune. Et vous, le titan de l'affaire, vous inventez toutes sortes de mesures pseudo-scientifiques destinées à rendre vos corps impropres à l'adolescence.

– Pas si pseudo-scientifiques que ça, puisqu'elles étaient efficaces.

– Nous verrons. Je me demande comment vous avez survécu à de pareils traitements.

– Nous étions heureux.

– A quel prix ! Où diable votre cerveau était-il allé chercher des préceptes aussi tordus ? Enfin, vous aviez l'excuse d'avoir quatorze ans.

– Si c'était à refaire, je le referais.

– Aujourd'hui, vous avez l'excuse de la sénilité.

– Il faut croire que j'ai toujours été sénile ou puéril, car mes dispositions d'esprit n'ont jamais changé.

– Ça ne m'étonne pas de vous. En 1922 déjà, vous étiez dingue. Vous aviez créé *ex nihilo* ce que vous appeliez une « hygiène d'éternelle enfance » – à l'époque, le mot recouvrait tous les domaines de la santé mentale et physique : l'hygiène était une idéologie. Celle que vous inventez mériterait plutôt le nom d'anti-hygiène, tant elle est malsaine.

– Très saine, au contraire.

– Persuadé que la puberté fait son œuvre pendant le sommeil, vous décrétez qu'il ne faut plus dormir, ou du moins pas plus de deux heures par jour. Une vie essentiellement aquatique vous paraît idéale pour retenir l'enfance : désormais, Léopoldine et vous passerez des journées et des nuits entières à nager dans les lacs du domaine, parfois même en hiver. Vous mangez le strict minimum. Certains aliments sont interdits et d'autres conseillés, en vertu de principes qui me semblent relever de la plus haute fantaisie : vous interdisez les mets jugés trop « adultes », tels que le canard à l'orange, la bisque de homard et les nourritures de couleur noire. En revanche, vous recommandez les champignons non

pas vénéneux mais réputés impropres à la consomma-
tion, tels que les vesses-de-loup, dont vous vous gavez
en saison. Pour vous empêcher de dormir, vous vous
procurez des boîtes d'un thé kenyan excessivement fort,
pour avoir entendu votre grand-mère en dire du mal :
vous le préparez noir comme de l'encre, vous en buvez
des doses impressionnantes, identiques à celles que
vous administrez à votre cousine.

– Qui était tout à fait consentante.

– Disons plutôt qu'elle vous aimait.

– Moi aussi, je l'aimais.

– A votre manière.

– Ma manière ne vous agrée-t-elle pas ?

– Litote.

– Vous trouvez peut-être que les autres s'y prennent
mieux ? Je ne connais rien de plus vil que ce qu'ils
appellent aimer. Savez-vous ce qu'ils appellent aimer ?
Asservir, engrosser et enlaidir une malheureuse : voilà
ce que les êtres présumés de mon sexe appellent aimer.

– Vous jouez au féministe maintenant ? Je vous ai
rarement trouvé moins crédible.

– Vous êtes bête à pleurer, ma parole. Ce que je viens
de dire se situe aux antipodes du féminisme.

– Pourquoi ne tenteriez-vous pas d'être clair, pour
une fois ?

– Mais je suis limpide ! C'est vous qui refusez
d'admettre que ma manière d'aimer est la plus belle.

– Mon opinion à ce sujet n'a aucun intérêt. En revanche, j'aimerais savoir ce qu'en pensait Léopoldine.

– Léopoldine a été, grâce à moi, la plus heureuse.

– La plus heureuse des quoi ? des femmes ? des fol-
les ? des malades ? des victimes ?

– Vous êtes complètement à côté de la question. Elle
a été, grâce à moi, la plus heureuse des enfants.

– Des enfants ? A quinze ans ?

– Parfaitement. A l'âge où les filles deviennent affreuses, boutonneuses, fessues, malodorantes, poilues, nichonneuses, hancheuses, intellectuelles, hargneuses, stupides – femmes, en un mot –, à cet âge sinistre, donc, Léopoldine était l'enfant la plus belle, la plus heureuse, la plus analphabète, la plus savante – elle était l'enfant la plus enfantine, et ce uniquement grâce à moi. Grâce à moi, celle que j'aimais aura évité le calvaire de devenir une femme. Je vous mets au défi de trouver plus bel amour que celui-là.

– Êtes-vous absolument certain que votre cousine ne désirait pas devenir femme ?

– Comment aurait-elle pu désirer une chose pareille ? Elle était trop intelligente pour ça.

– Je ne vous demande pas de me répondre par conjectures. Je vous demande si, oui ou non, elle vous avait donné son accord, si, oui ou non, en termes clairs, elle vous avait dit : « Prétextat, je préfère mourir que de quitter l'enfance. »

– Il n'était pas nécessaire qu'elle me le dise en termes clairs. Ça allait de soi.

– C'est bien ce que je pensais : elle ne vous a jamais donné son accord.

– Je vous répète que c'était inutile. Je savais ce qu'elle voulait.

– Vous saviez surtout ce que vous vouliez.

– Elle et moi voulions la même chose.

– Naturellement.

– Qu'est-ce que vous essayez d'insinuer, petite merdeuse ? Vous croyez peut-être connaître Léopoldine mieux que moi ?

– Plus je vous parle, plus je le crois.

– Mieux vaut entendre ça que d'être sourd. Je vais vous apprendre une chose que vous ignorez sûrement, espèce de femelle : personne – vous comprenez – personne ne connaît mieux un individu que son assassin.

– Nous y voilà. Vous passez aux aveux ?

– Aux aveux ? Ce ne sont pas des aveux puisque vous saviez déjà que je l'avais tuée.

– Figurez-vous que j'avais encore un dernier doute. Il est difficile de se convaincre qu'un prix Nobel est un assassin.

– Comment ? Ne saviez-vous pas que les assassins sont ceux qui ont le plus de chances de recevoir un prix Nobel ? Voyez Kissinger, Gorbatchev...

– Oui, mais vous, vous êtes prix Nobel de littérature.

– Précisément ! Les prix Nobel de la paix sont souvent des assassins, mais les prix Nobel de littérature sont toujours des assassins.

– Il n'y a pas moyen de discuter sérieusement avec vous.

– Je n'ai jamais été plus sérieux.

– Maeterlinck, Tagore, Pirandello, Mauriac, Hemingway, Pasternak, Kawabata, tous des assassins ?

– Vous l'ignoriez ?

– Oui.

– Je vous en aurai appris des choses.

– Peut-on savoir quelles sont vos sources d'information ?

– Prétextat Tach n'a pas besoin de sources d'information. Les sources d'information, c'est bon pour les autres.

– Je vois.

– Non, vous ne voyez rien. Vous vous êtes penchée sur mon passé, vous avez fouillé mes archives et vous avez été étonnée de tomber sur un assassinat. C'est le contraire qui eût été étonnant. Si vous vous étiez donné la peine de fouiller les archives de ces prix Nobel avec autant de minutie, pas de doute que vous eussiez décou-

113

vert des ribambelles d'assassinats. Sinon, on ne leur aurait jamais donné le prix Nobel.

– Vous accusiez le journaliste précédent d'inverser les causalités. Vous, vous ne les inversez pas, vous leur faites des queues de poisson.

– Je vous préviens généreusement que si vous essayez de m'affronter sur le terrain de la logique, vous n'avez aucune chance.

– Vu ce que vous qualifiez de logique, je n'en doute pas. Mais je ne suis pas venue ici pour argumenter.

– Pour quelle raison êtes-vous donc venue ?

– Pour avoir la certitude que vous étiez l'assassin. Merci d'avoir éliminé ma dernière hésitation : vous avez donné dans mon bluff.

L'obèse eut un long rire répugnant.

– Votre bluff ! Excellent ! Vous vous croyez capable de me bluffer ?

– J'ai toutes les raisons de m'en croire capable puisque je l'ai fait.

– Pauvre petite dinde prétentieuse. Apprenez que bluffer, c'est extorquer. Or, vous ne m'avez rien extorqué puisque je vous ai livré la vérité d'entrée de jeu. Pourquoi irais-je cacher que je suis un assassin ? Je n'ai rien à craindre de la justice, je meurs dans moins de deux mois.

– Et votre réputation posthume ?

– Elle n'en sera que plus grandiose. J'imagine déjà les devantures des librairies : « Prétextat Tach, le prix Nobel assassin. » Mes bouquins vont se vendre comme des petits pains. Ce sont mes éditeurs qui se frotteront les mains. Croyez-moi, cet assassinat est une excellente affaire pour tout le monde.

– Même pour Léopoldine ?

– Surtout pour Léopoldine.

– Revenons-en à 1922.

– Pourquoi pas 1925 ?

– Vous allez un peu vite en besogne. Il ne faut pas faire l'ellipse de ces trois années, elles sont capitales.

– C'est vrai. Elles sont capitales, donc irracontables.

– Vous les avez pourtant racontées.

– Non, je les ai écrites.

– Ne jouons pas sur les mots, voulez-vous ?

– C'est à un écrivain que vous dites ça ?

– Ce n'est pas à l'écrivain que je parle, c'est à l'assassin.

– C'est la même personne.

– En êtes-vous sûr ?

– Écrivain, assassin : deux aspects d'un même métier, deux conjugaisons d'un même verbe.

– Quel verbe ?

– Le verbe le plus rare et le plus difficile : le verbe aimer. N'est-il pas amusant que nos grammaires scolaires aient choisi pour paradigme le verbe dont le sens est le plus incompréhensible ? Si j'étais instituteur, je remplacerais ce verbe ésotérique par un verbe plus accessible.

– Tuer ?

– Tuer n'est pas si facile non plus. Non, un verbe trivial et commun comme voter, accoucher, interviewer, travailler...

– Dieu merci, vous n'êtes pas instituteur. Savez-vous qu'il est extraordinairement difficile de vous faire répondre à une question ? Vous avez le talent de vous esquiver, de changer de sujet, de partir dans toutes les directions. Il faut continuellement vous rappeler à l'ordre.

– Je m'en flatte.

– Cette fois, vous ne vous échapperez plus : 1922-1925, je vous laisse la parole.

Silence pesant.

– Voulez-vous un caramel ?

– Monsieur Tach, pourquoi vous méfiez-vous de moi ?

– Je ne me méfie pas de vous. En toute bonne foi, je ne vois pas ce que je pourrais vous dire. Nous étions parfaitement heureux et nous nous aimions divinement. Que pourrais-je vous raconter à part des niaiseries de ce genre ?

– Je vais vous aider.

– Je m'attends au pire.

– Il y a vingt-quatre ans, suite à votre ménopause littéraire, vous avez laissé un roman inachevé. Pourquoi ?

– Je l'ai dit à l'un de vos confrères. Tout écrivain qui se respecte se doit de laisser au moins un roman inachevé, faute de quoi il n'est pas crédible.

– Vous en connaissez beaucoup, vous, des écrivains qui, de leur vivant, publient des romans inachevés ?

– Je n'en connais aucun. Je suis sans doute plus malin que les autres : je reçois, de mon vivant, des honneurs dont les écrivains ordinaires ne jouissent qu'à titre posthume. De la part d'un écrivain en herbe, un roman inachevé fait figure de maladresse, de jeunesse encore mal maîtrisée ; mais de la part d'un grand écrivain reconnu, un roman inachevé, c'est le comble du chic. Ça fait très « génie arrêté dans sa course », « crise d'angoisse du titan », « éblouissement face à l'indicible », « vision mallarméenne du livre à venir » – enfin bref, ça paie.

– Monsieur Tach, je crois que vous n'avez pas bien compris ma question. Je ne vous demandais pas pourquoi vous aviez laissé *un* roman inachevé, mais pourquoi vous aviez laissé *ce* roman inachevé.

– Eh bien, en cours d'écriture, je me suis rendu compte que je n'avais pas encore pondu le roman inachevé nécessaire à ma célébrité, j'ai baissé les yeux sur mon manuscrit et j'ai pensé : « Pourquoi pas celui-là ? » Alors j'ai posé le stylo et je n'y ai plus ajouté une ligne.

– N'espérez pas que je vous croie.

– Pourquoi pas ?

– Vous disiez : « J'ai posé le stylo et je n'y ai plus ajouté une ligne. » Vous auriez mieux fait de dire : « J'ai posé le stylo et plus jamais je n'ai écrit une ligne. » N'est-il pas étonnant que, suite à ce fameux roman inachevé, vous n'ayez plus jamais voulu écrire, vous qui aviez écrit tous les jours depuis trente-six ans ?

– Il fallait bien que je m'arrête un jour.

– Oui, mais pourquoi ce jour-là ?

– N'allez pas chercher de sens caché à un phénomène aussi banal que la vieillesse. J'avais cinquante-neuf ans, j'ai pris ma retraite. Quoi de plus normal ?

– Du jour au lendemain, plus une ligne : la vieillesse vous serait-elle tombée dessus en un jour ?

– Pourquoi pas ? On ne vieillit pas tous les jours. On peut passer dix ans, vingt ans, sans vieillir, et puis, sans raison précise, accuser le coup de ces vingt années en deux heures. Vous verrez, ça vous arrivera aussi. Un soir, vous vous regarderez dans un miroir et vous penserez : « Mon Dieu, j'ai pris dix ans depuis ce matin ! »

– Sans raison précise, vraiment ?

– Sans autre raison que le temps qui mène tout à sa perte.

– Le temps a bon dos, monsieur Tach. Vous lui avez donné un sérieux coup de main – des deux mains, dirais-je même.

– La main, siège de la jouissance de l'écrivain.

– Les mains, siège de la jouissance de l'étrangleur.

– La strangulation est chose bien agréable, en effet.

– Pour l'étrangleur ou pour l'étranglé ?

– Hélas, je n'ai jamais connu que l'une des deux situations.

– Ne désespérez pas.

– Que voulez-vous dire ?

– Je n'en sais rien. Vous me faites perdre mes esprits avec vos diversions. Parlez-moi de ce livre, monsieur Tach.

– Pas question, mademoiselle, c'est à vous de le faire.

– De tout ce que vous avez écrit, c'est ce que je préfère.

– Pourquoi ? Parce qu'il y a un château, des nobles et une histoire d'amour ? Vous êtes bien une femme.

– J'aime les histoires d'amour, c'est vrai. Il m'arrive souvent de penser qu'en dehors de l'amour, rien n'est intéressant.

– Juste ciel.

– Ironisez tant qu'il vous plaira, vous ne pourrez pas nier que c'est vous qui avez écrit ce livre et que c'est une histoire d'amour.

– Puisque vous le dites.

– C'est d'ailleurs la seule histoire d'amour que vous ayez jamais écrite.

– Vous m'en voyez rassuré.

– Je vous repose ma question, cher monsieur : pourquoi avoir laissé ce roman inachevé ?

– Panne d'imagination, peut-être.

– Imagination ? Vous n'aviez pas besoin d'imagination pour écrire ce livre-là, vous racontiez des faits réels.

– Qu'en savez-vous ? Vous n'étiez pas là pour vérifier.

– Vous avez tué Léopoldine, non ?

– Oui, mais ça ne prouve pas que le reste soit vrai. Le reste est littérature, mademoiselle.

– Eh bien moi, je crois que tout est vrai dans ce bouquin.

– Si ça peut vous faire plaisir.

– Au-delà du plaisir, j'ai de bonnes raisons de penser que ce roman est strictement autobiographique.

– De bonnes raisons ? Expliquez-moi ça, qu'on se marre un peu.

– Les archives ont déjà confirmé le château dont vous donnez des descriptions exactes. Les personnages ont les mêmes noms que dans la réalité, sauf vous, bien sûr, mais Philémon Tractatus est un pseudonyme transparent – initiales à l'appui. Enfin, les registres attestent la mort de Léopoldine en 1925.

– Archives, registres : c'est ça que vous appelez la réalité ?

– Non, mais si vous avez respecté cette réalité officielle, je peux très raisonnablement induire que vous avez respecté aussi des réalités plus secrètes.

– Argument faible.

– J'en ai d'autres : le style, par exemple. Un style infiniment moins abstrait que celui de vos romans précédents.

– Argument encore plus faible. L'impressionnisme qui vous tient lieu de sens critique ne saurait avoir valeur de preuve, surtout en matière de stylistique : les ilotes de votre espèce ne déraillent jamais autant que lorsqu'il est question du style d'un écrivain.

– Enfin, j'ai un argument d'autant plus écrasant qu'il n'est pas un argument.

– Qu'est-ce que vous me chantez là ?

– Ce n'est pas un argument, c'est une photo.

– Une photo ? De quoi ?

– Savez-vous pourquoi personne n'a jamais soupçonné que ce roman était une autobiographie ? Parce que le personnage principal, Philémon Tractatus, était un superbe garçon svelte au visage admirable. Vous n'avez pas vraiment menti quand vous avez dit à mes confrères que depuis vos dix-huit ans vous êtes laid et obèse. Disons que vous avez menti par omission, car pendant toutes les années précédentes, vous avez été beau à ravir.

– Qu'en savez-vous ?

– J'ai retrouvé une photo.

– C'est impossible. Je n'ai jamais été photographié avant 1948.

– Désolée de prendre votre mémoire en défaut. J'ai trouvé une photo au dos de laquelle il est écrit au crayon : « Saint-Sulpice – 1925. »

– Montrez-moi ça.

– Je vous la montrerai quand j'aurai la certitude que vous ne chercherez pas à la détruire.

– Je vois, vous bluffez.

– Je ne bluffe pas. Je suis allée en pèlerinage à Saint-Sulpice. J'ai le regret de vous annoncer que, sur les lieux de l'ancien château dont il ne reste rien, on a construit une coopérative agricole. La plupart des lacs du domaine ont été bouchés, et la vallée a été transformée en décharge publique. Désolée, vous ne m'inspirez aucune pitié. Sur place, j'ai interrogé tous les vieillards que j'ai repérés. On se souvient encore du château et des marquis de Planèze de Saint-Sulpice. On se souvient même du petit orphelin adopté par ses grands-parents.

– Je me demande bien comment cette populace pourrait se souvenir de moi, je n'avais jamais de contacts avec elle.

– Il y a toutes sortes de contacts. On ne vous parlait peut-être jamais, mais on vous voyait.

– Impossible. Je ne mettais jamais les pieds hors du domaine.

– Mais des amis rendaient visite à vos grands-parents, à votre tante et à votre oncle.

– Ils ne prenaient jamais de photos.

– Erreur. Écoutez, je ne sais pas dans quelles circonstances cette photo a été prise, ni par qui – mes explications n'étaient que des hypothèses –, mais le fait est que cette photo existe. Vous y figurez devant le château, avec Léopoldine.

– Avec Léopoldine ?

– Une ravissante enfant aux cheveux sombres, ce ne peut être qu'elle.

– Montrez-moi cette photo.

– Qu'en ferez-vous ?

– Montrez-moi cette photo, vous dis-je.

– C'est une très vieille femme du village qui me l'a procurée. Je ne sais comment la photo était arrivée entre ses mains. Peu importe : l'identité des deux enfants est hors de doute. Enfants, oui, même vous qui, à dix-sept ans, ne présentez aucun signe d'adolescence. C'est très curieux : vous êtes tous les deux immenses, maigres, blafards, mais vos visages et vos longs corps sont parfaitement enfantins. Vous n'avez pas l'air normal, d'ailleurs : on dirait deux géants de douze ans. Le résultat est pourtant superbe : ces traits menus, ces yeux naïfs, ces faciès trop petits par rapport à leur crâne, surmontant des troncs puérils, des jambes grêles et interminables – vous étiez à peindre. A croire que vos délirants préceptes d'hygiène étaient efficaces, et que les vesses-de-loup sont un secret de beauté. Le plus grand choc, c'est vous. Méconnaissable !

– Si j'y suis si méconnaissable, comment savez-vous que c'est moi ?

– Je ne vois pas qui ce pourrait être d'autre. Et puis, vous avez gardé la même peau blanche, lisse, imberbe – c'est bien la seule chose que vous ayez conservée.

Vous étiez tellement beau, vous aviez les traits tellement purs, les membres tellement fins, et une complexion si asexuée – les anges ne doivent pas être bien différents.

– Épargnez-moi vos bondieuseries, voulez-vous ? Et montrez-moi cette photo, au lieu de dire n'importe quoi.

– Comment avez-vous pu tellement changer ? Vous disiez qu'à dix-huit ans vous étiez déjà comme vous l'êtes à présent, et j'accepte de vous croire – mais en ce cas, l'ébahissement n'en est que plus grand : comment avez-vous pu, en moins d'une année, troquer votre apparence séraphique contre la monstrueuse enflure que j'ai sous les yeux ? Car vous n'avez pas seulement triplé de poids, votre visage si délicat est devenu bovin, vos traits raffinés se sont épaissis jusqu'à afficher tous les caractères de la vulgarité...

– Vous avez bientôt fini de m'injurier ?

– Vous savez très bien que vous êtes laid. Vous ne cessez d'ailleurs de vous qualifier des adjectifs les plus ignobles.

– Je me les sers moi-même avec assez de verve, mais je ne permets pas qu'un autre me les serve. Vu ?

– Je n'ai que faire de votre permission. Vous êtes affreux, voilà, et il est incroyable d'être si affreux quand on a été si beau.

– Ça n'a rien d'incroyable, ça se produit sans cesse. Seulement, d'habitude, ce n'est pas si rapide.

– Ça y est, vous venez encore de passer aux aveux.

– Hein ?

– Oui. En me disant cela, vous reconnaissiez implicitement la véracité de mes propos. A dix-sept ans, vous étiez bel et bien tel que je vous décrivais – et tel qu'aucune photo ne vous a jamais immortalisé, hélas.

– Je le savais. Mais comment avez-vous fait pour me décrire si bien ?

– Je me suis contentée de paraphraser les descriptions que vous donniez de Philémon Tractatus dans votre roman. Je voulais vérifier si vous étiez tel que vous dépeigniez votre personnage : pour le savoir, je n'avais pas d'autre procédé que le bluff, puisque vous refusiez de répondre à mes questions.

– Vous êtes une sale petite fouille-merde.

– Fouiller la merde, ça marche : je sais à présent avec certitude que votre roman est strictement autobiographique. J'ai toutes les raisons d'être fière puisque je disposais des mêmes éléments que n'importe qui. Or, j'ai été la seule à flairer la vérité.

– C'est ça, enorgueillissez-vous.

– Concevez, dès lors, que je vous repose ma première question : pourquoi *Hygiène de l'assassin* est-il un roman inachevé ?

– Le voilà, notre titre manquant de tout à l'heure !

– Inutile de jouer les étonnés, je n'aurai de cesse que vous me répondiez : pourquoi ce roman est-il inachevé ?

– On pourrait poser la question d'une manière plus métaphysique : pourquoi cet inachèvement est-il un roman ?

– Votre métaphysique ne m'intéresse pas. Répondez à ma question : pourquoi ce roman est-il inachevé ?

– Foutre ciel, vous m'emmerdez ! Pourquoi ce roman n'aurait-il pas le droit d'être inachevé ?

– Le droit n'a vraiment rien à voir dans cette histoire. Vous écriviez des faits réels avec une fin réelle : alors, pourquoi ne pas avoir achevé ce roman ? Après le meurtre de Léopoldine, vous vous arrêtez dans le vide. Était-il si difficile de boucler l'affaire, d'y mettre un terme en bonne et due forme ?

– Difficile ! Apprenez, petite dinde, que rien n'est difficile à écrire pour Prétextat Tach.

– Précisément. Cette non-fin en queue de poisson est d'autant plus absurde.

– Qui êtes-vous pour déterminer l'absurdité de mes décisions ?

– Je ne détermine rien, je m'interroge.

Le vieillard eut soudain l'air d'être un vieillard de quatre-vingt-trois ans.

– Vous n'êtes pas la seule. Moi aussi je m'interroge, et je ne trouve pas de réponse. J'aurais pu choisir des dizaines de fins pour ce bouquin : soit le meurtre lui-même, soit la nuit qui y a succédé, soit ma métamorphose physique, soit l'incendie du château, un an plus tard...

– Votre œuvre, cet incendie, n'est-ce pas ?

– Bien sûr. Saint-Sulpice était devenu intolérable sans Léopoldine. En plus, la suspicion familiale dont j'étais l'objet commençait à m'énerver. J'ai donc décidé de me débarrasser du château et de ses occupants. Je n'aurais pas cru qu'ils brûleraient si bien.

– Évidemment, ce n'est pas le respect de la vie humaine qui vous étouffe, mais n'avez-vous pas éprouvé de scrupules à brûler un château du XVIIe siècle ?

– Les scrupules n'ont jamais été mon fort.

– Oui. Revenons-en à notre fin, ou plutôt à notre absence de fin. Ainsi, vous prétendez ignorer la raison de cet inachèvement ?

– Là, vous pouvez me croire. Oui, j'avais l'embarras du choix en matière de fins élégantes, mais aucune ne m'a jamais paru convenir. Je ne sais pas : c'était comme si j'avais attendu autre chose, que j'attends toujours depuis vingt-quatre ans, ou depuis soixante-six ans si vous préférez.

– Quelle autre chose ? Une résurrection de Léopoldine ?

– Si je le savais, je n'aurais pas cessé d'écrire.

– J'avais donc raison de lier l'inachèvement de ce roman à votre fameuse ménopause littéraire.

– Bien sûr que vous aviez raison. Y a-t-il de quoi s'enorgueillir ? Avoir raison, quand on est journaliste, ne demande qu'un peu d'habileté. Avoir raison, quand on est écrivain, ça n'existe pas. Votre métier est écœurant de facilité. Mon métier, lui, est dangereux.

– Et vous faites en sorte qu'il soit plus dangereux encore.

– A quoi rime cet étrange compliment ?

– Je ne sais pas si c'est un compliment. Je ne sais pas s'il faut trouver admirable ou insensé de s'exposer comme vous le faites. Pouvez-vous m'expliquer ce qui vous a pris, le jour où vous avez décidé de raconter fidèlement l'histoire qui vous était non seulement la plus chère, mais qui présentait aussi le plus de risques de vous traîner devant les tribunaux ? A quelle perversion obscure avez-vous cédé en fournissant à l'humanité, de votre plus belle plume, un acte d'autoaccusation d'une transparence aussi criante ?

– Mais l'humanité s'en fout ! A preuve : ça fait vingt-quatre ans que ce roman marine dans les bibliothèques, et personne, vous entendez, personne ne m'en a même jamais parlé. Et c'est bien normal puisque, conformément à ce que je vous disais, personne ne l'a lu.

– Et moi ?

– Quantité négligeable.

– Quelle preuve avez-vous qu'il n'existe pas d'autres quantités négligeables de mon genre ?

– Une preuve éblouissante : si d'autres que vous m'avaient lu – je dis bien lire, au sens carnassier du terme –, je serais en prison depuis longtemps. Vous me posiez une question très intéressante mais je m'étonne que la réponse ne vous ait pas sauté aux yeux. Voici donc un assassin en cavale depuis quarante-deux ans. Ses crimes ont toujours été ignorés et il est devenu un écrivain célèbre. Loin de s'accommoder d'une situation aussi confortable, voilà que ce malade se lance dans un pari absurde, puisqu'il a tout à y perdre et rien à y gagner — rien à y gagner, sauf une démonstration du plus haut comique.

— Laissez-moi deviner : il veut démontrer qu'il n'est lu par personne.

— Mieux : il veut démontrer que même les très rares personnes qui le lisent — ces gens-là existent — l'auront lu sans le lire.

— Voilà qui est très clair.

— Mais si. Vous savez, il y a toujours une poignée de désœuvrés, de végétariens, de critiques novices, d'étudiants masochistes ou encore de curieux qui vont jusqu'à lire les livres qu'ils achètent. C'étaient ces gens-là que je voulais expérimenter. Je voulais prouver que je pouvais impunément écrire les pires horreurs à mon sujet : cet acte d'autoaccusation, comme vous le formuliez avec justesse, est rigoureusement authentique. Oui, mademoiselle, vous aviez raison d'un bout à l'autre : dans ce bouquin, aucun détail n'est inventé. On pourrait bien sûr trouver des excuses aux lecteurs : personne ne sait rien de mon enfance, ce n'est pas le premier bouquin affreux que j'écris, comment imaginer que j'aie pu être si divinement beau, etc. Mais moi, j'affirme que ces excuses ne tiennent pas. Connaissez-vous la critique que j'ai lue dans un journal, il y a vingt-quatre ans, concernant *Hygiène de l'assassin* ? « Un conte de fées riche de symboles, une métaphore onirique du péché originel et, par là, de la condition humaine. » Quand je vous disais qu'on me lisait sans me lire ! Je peux me permettre d'écrire les vérités les plus risquées, on n'y verra jamais que des métaphores.

Ça n'a rien d'étonnant : le pseudo-lecteur, bardé dans son scaphandre, passe en toute imperméabilité à travers mes phrases les plus sanglantes. De temps en temps, il s'exclame, ravi : « Quel joli symbole ! » C'est ce qu'on appelle la lecture propre. Une invention merveilleuse, très agréable à pratiquer au lit avant de s'endormir ; ça calme et ça ne salit même pas les draps.

– Qu'est-ce que vous auriez préféré ? Qu'on vous lise dans un abattoir, ou à Bagdad, pendant un bombardement ?

– Mais non, sotte. Ce n'est pas le lieu de la lecture qui est en cause, c'est la lecture elle-même. J'aurais voulu qu'on me lise sans combinaison d'homme-grenouille, sans grille de lecture, sans vaccin et, à vrai dire, sans adverbe.

– Vous devriez savoir que cette lecture-là n'existe pas.

– Je ne le savais pas au début mais, à présent, à la lumière de ma brillante démonstration, croyez bien que je le sais.

– Et alors ? N'y a-t-il pas lieu de se réjouir qu'il y ait autant de lectures qu'il y a de lecteurs ?

– Vous ne m'avez pas compris : il n'y a pas de lecteurs et il n'y a pas de lectures.

– Mais si, il y a des lectures différentes de la vôtre, c'est tout. Pourquoi la vôtre serait-elle la seule admissible ?

– Oh, ça va, cessez de me réciter votre manuel de sociologie. J'aimerais savoir, d'ailleurs, ce que votre manuel de sociologie trouverait à dire de la situation édifiante à laquelle j'ai donné lieu : un écrivain-assassin se dénonce ouvertement et aucun lecteur n'est assez malin pour s'en rendre compte.

– Je me fous des opinions des sociologues et je pense, moi, qu'un lecteur n'est pas un flic et que, si personne ne vous a cherché des ennuis après la parution de ce livre, c'est bon signe : cela veut dire que Fouquier-Tinville n'est plus à la mode, que les gens sont ouverts d'esprit et qu'ils sont capables d'une lecture civilisée.

– Ouais, j'ai compris : vous êtes pourrie, comme les autres. J'ai été stupide de vous croire différente de la masse.

– Il faut hélas croire que je le suis un rien, puisque, seule de mon espèce, j'ai flairé la vérité.

– Admettons que vous ne manquez pas de flair. C'est tout. Voyez-vous, vous me décevez.

– C'est presque un compliment, ça. Dois-je comprendre que, l'espace de quelques instants, j'ai pu vous inspirer une opinion meilleure ?

– Vous allez rire : oui. Vous n'échappez pas aux platitudes humaines, mais vous avez une qualité rarissime.

– Je brûle de la connaître.

– Je pense que c'est une qualité innée, et je constate avec soulagement que vos stupides apprentissages n'ont pas réussi à la corrompre.

– Quelle est donc cette qualité ?

– Vous au moins, vous savez lire.

Silence.

– Quel âge avez-vous, mademoiselle ?

– Trente ans.

– Le double de Léopoldine à sa mort. Ma pauvre petite, la voilà, votre circonstance atténuante : vous avez vécu bien trop longtemps.

– Comment ! C'est moi qui ai besoin de circonstances atténuantes ? Le monde à l'envers.

– Comprenez que je cherche une explication : j'ai en face de moi une personne à l'esprit perçant, et douée du rare don de lecture. Alors je me demande ce qui a pu entacher d'aussi belles dispositions. Vous venez de me fournir la réponse : c'est le temps. Trente ans, c'est beaucoup trop.

– C'est vous, à votre âge, qui me dites ça ?

– Je suis mort à dix-sept ans, mademoiselle. Et puis, pour les hommes, ce n'est pas la même chose.

– Nous y voilà.

– Inutile de prendre un air sarcastique, ma petite, vous savez bien que c'est vrai.

– Qu'est-ce qui est vrai ? Je veux vous l'entendre dire clairement.

– Tant pis pour vous. Eh bien voilà, les hommes ont droit à tous les sursis. Pas les femmes. Sur ce dernier point, je suis beaucoup plus précis et plus franc que les autres : la plupart des mâles laissent aux femelles un répit plus ou moins long avant de les oublier, ce qui est bien plus lâche que de les abattre. Je trouve ce répit absurde et même déloyal envers les femelles : à cause de ce délai, elles s'imaginent qu'on a besoin d'elles. La vérité, c'est que dès l'instant où elles sont devenues femmes, dès l'instant où elles ont quitté l'enfance, elles doivent mourir. Si les hommes étaient des gentlemen, ils les tueraient le jour de leurs premières règles. Mais les hommes n'ont jamais été galants, ils préfèrent laisser traîner ces malheureuses de souffrances en souffrances plutôt que d'avoir la gentillesse de les éliminer. Je ne connais qu'un seul mâle qui ait eu assez de grandeur, de respect, d'amour, de sincérité et de politesse pour le faire.

– Vous.

– Exactement.

La journaliste renversa la tête vers l'arrière. Le rire commença, clairsemé, rauque. Il s'accéléra peu à peu, escaladant les octaves à chaque rythme nouveau, jusqu'à virer à la quinte, incessante, suffocante. C'était le fou rire au stade clinique.

– Ça vous fait rire ?

– ...

L'hilarité ne lui laissait pas le loisir de parler.

– Le fou rire : voilà encore une maladie féminine. Je n'ai jamais vu un homme se tordre comme le font les femmes en ces cas-là. Ça doit venir de l'utérus : toutes les saloperies de la vie viennent de l'utérus. Les petites filles n'ont pas d'utérus, je crois, ou si elles en ont un, c'est un jouet, une parodie d'utérus. Dès que le faux utérus devient vrai, il faut tuer les petites filles, pour leur éviter le genre d'hystérie affreuse et douloureuse dont vous êtes la victime en ce moment.

– Ah.

Ce « Ah » était la clameur d'un ventre épuisé, encore secoué de spasmes morbides.

– Pauvre petite. On a été dur avec vous. Qui est donc ce salaud qui ne vous a pas tuée à la puberté ? Mais peut-être n'aviez-vous pas un vrai ami, à l'époque. Hélas, je crains que Léopoldine ait été la seule à avoir de la chance.

– Arrêtez, je n'en puis plus.

– Je comprends votre réaction. La découverte tardive de la vérité, la soudaine prise de conscience de votre déconvenue, ce doit être un sacré choc. Votre utérus est occupé à prendre un de ces coups ! Pauvre petite femelle ! Pauvre créature lâchement épargnée par les mâles ! Croyez bien que je compatis.

– Monsieur Tach, vous êtes l'individu le plus ahurissant et le plus drôle qu'il m'ait été donné de rencontrer.

– Drôle ? Je ne comprends pas.

– Je vous admire. Avoir pu inventer une théorie à la fois aussi dingue et aussi cohérente, c'est formidable. J'ai d'abord cru que vous alliez me raconter de banales inepties machistes. Mais je vous ai sous-estimé. Votre explication est énorme et subtile en même temps : il faut simplement exterminer les femmes, n'est-ce pas ?

– Naturellement. Si les femmes n'existaient pas, les choses iraient enfin dans l'intérêt des femmes.

– Cette solution est tellement ingénieuse. Comment personne n'y avait-il jamais songé ?

– A mon avis, on y avait déjà songé, mais personne avant moi n'avait eu le courage de mettre ce projet à exécution. Car enfin, cette idée est à la portée du premier venu. Le féminisme et l'antiféminisme sont les plaies du genre humain ; le remède est évident, simple, logique : il faut supprimer les femmes.

– Monsieur Tach, vous êtes génial. Je vous admire et je suis enchantée de vous avoir rencontré.

– Je vais vous étonner : moi aussi, je suis content de vous avoir rencontrée.

– Vous ne parlez pas sérieusement.

– Au contraire. D'abord, vous m'admirez pour ce que je suis et non pour ce que vous imaginez que je suis : c'est un bon point. Ensuite, je sais que je vais pouvoir vous rendre un grand service, et ça m'enchante.

– Quel service ?

– Comment, quel service ? Vous le savez désormais.

– Dois-je comprendre que vous avez l'intention de me supprimer, moi aussi ?

– Je commence à croire que vous en êtes digne.

– L'éloge est grand, monsieur Tach, et croyez bien que j'en suis troublée, mais...

– Je vous vois en effet toute rougissante.

– Mais ne vous donnez pas cette peine.

– Pourquoi ? Je pense que vous le méritez. Vous êtes beaucoup mieux que je ne le pensais au début. J'ai très envie de vous aider à mourir.

– Je suis touchée, mais n'en faites rien ; je ne voudrais pas que vous ayez des ennuis à cause de moi.

– Voyons, mon petit, je ne risque rien : je n'en ai plus que pour un mois et demi à vivre.

– Je ne voudrais pas que votre réputation posthume soit salie par ma faute.

– Salie ? Pourquoi serait-elle salie par cette bonne action ? Au contraire ! Les gens diront : « Moins de deux mois avant sa mort, Prétextat Tach faisait encore le bien. » Je serai un exemple pour l'humanité.

– Monsieur Tach, l'humanité ne comprendra pas.

– Hélas, je crains que vous n'ayez raison une fois encore. Mais peu m'importent l'humanité et ma réputation. Apprenez, mademoiselle, que je vous estime au point de désirer, pour vous seule, faire une bonne action désintéressée.

– Je crois que vous me surestimez beaucoup.

– Je ne le crois pas.

– Ouvrez les yeux, monsieur Tach, n'aviez-vous pas dit que j'étais moche, tarte, pourrie et j'en passe ? Et le simple fait que je suis une femme ne suffit-il pas à me discréditer ?

– En théorie, tout ce que vous avez dit est vrai. Mais il se passe une chose étrange, mademoiselle : la théorie ne suffit plus. Je suis en train de vivre une autre dimension du problème, et je ressens des émotions délicieuses, que je n'avais plus connues depuis soixante-six années.

– Ouvrez les yeux, monsieur Tach, je ne suis pas Léopoldine.

– Non. Et pourtant, vous ne lui êtes pas étrangère.

– Elle était belle comme le jour et vous me trouvez laide.

– Ce n'est plus tout à fait vrai. Votre laideur n'est pas dénuée de beauté. Par instants, vous êtes belle.

– Par instants.

– Ces instants sont beaucoup, mademoiselle.

– Vous me trouvez stupide, vous ne pouvez pas m'estimer.

– Pourquoi cet acharnement à vous discréditer ?

– Pour une raison très simple : je ne tiens pas à finir assassinée par un prix Nobel de littérature.

L'obèse eut l'air subitement refroidi.

– Vous préféreriez peut-être un prix Nobel de chimie ? demanda-t-il d'une voix glaciale.

– Très drôle. Je ne tiens pas à finir assassinée, voyez-vous, que ce soit par un prix Nobel ou par un épicier.

– Dois-je comprendre que vous voulez mettre vous-même un terme à vos jours ?

– Si j'avais des envies de suicide, monsieur Tach, je l'aurais déjà fait depuis longtemps.

– C'est ça. Vous croyez peut-être que c'est si simple ?

– Je ne crois rien, ça ne me concerne pas. Figurez-vous que je n'ai aucun désir de mourir.

– Vous ne parlez pas sérieusement.

– Est-il donc si aberrant d'avoir envie de vivre ?

– Rien n'est plus louable que d'avoir envie de vivre. Mais vous ne vivez pas, pauvre petite dinde ! Et vous ne vivrez plus jamais ! Ignorez-vous que les filles meurent le jour de leur puberté ? Pire, elles meurent sans disparaître. Elles quittent la vie non pour rejoindre les beaux rivages de la mort, mais pour entamer la pénible et ridicule conjugaison d'un verbe trivial et immonde, et elles ne cessent de le conjuguer à tous les temps et à tous les modes, le décomposant, le surcomposant, n'y échappant jamais.

– Quel est donc ce verbe ?

– Quelque chose comme reproduire, au sens bien sale du terme – ovuler, si vous préférez. Ce n'est ni la mort, ni la vie, ni un état d'entre-deux. Ça ne s'appelle pas autrement qu'être femme : sans doute le vocabulaire, avec sa mauvaise foi coutumière, a-t-il voulu éviter de nommer une pareille abjection.

– Au nom de quoi prétendez-vous savoir ce qu'est la vie d'une femme ?

– La non-vie d'une femme.

– Vie ou non-vie, vous n'en savez rien.

– Apprenez, mademoiselle, que les grands écrivains ont un accès direct et surnaturel à la vie des autres. Ils n'ont pas besoin de faire de la lévitation, ni de fouiller dans des archives, pour pénétrer l'univers mental des individus. Il leur suffit de prendre un papier et un stylo pour décalquer les pensées d'autrui.

– Voyez-vous ça. Cher monsieur, je crois que votre système est foireux, si j'en juge d'après la débilité de vos conclusions.

– Pauvre sotte. Qu'est-ce que vous essayez de me faire avaler ? Ou plutôt, qu'est-ce que vous essayez de vous faire avaler ? Que vous êtes heureuse ? Il y a dcs limites à l'autosuggestion. Ouvrez les yeux ! Vous n'êtes pas heureuse, vous ne vivez pas.

– Qu'en savez-vous ?

– C'est à vous que se pose cette question. Comment pourriez-vous savoir si oui ou non vous êtes en vie, si oui ou non vous êtes heureuse ? Vous ne savez même pas ce qu'est le bonheur. Si vous aviez passé votre enfance au paradis terrestre, comme Léopoldine et moi...

– Oh, ça va, cessez de vous prendre pour un cas exceptionnel. Tous les enfants sont heureux.

– Je n'en suis pas si sûr. Ce qui est certain, c'est qu'aucun enfant n'a jamais été aussi heureux que la petite Léopoldine et le petit Prétextat.

La tête de la journaliste se renversa en arrière à nouveau et le rire reprit, lancinant.

– Voilà votre utérus qui remet ça. Allons bon, qu'ai-je dit de si comique ?

– Veuillez m'excuser, ce sont ces prénoms... surtout le vôtre !

– Et alors ? Vous avez quelque chose à reprocher à mon prénom ?

– A reprocher, non. Mais s'appeler Prétextat ! On jurerait une blague. Je me demande ce qui a pu se passer dans la tête de vos parents, le jour où ils ont décidé de vous nommer ainsi.

– Je vous interdis de juger mes parents. Et je ne vois franchement pas ce que Prétextat a de si drôle. C'est un prénom chrétien.

– Vraiment ? En ce cas, c'est encore plus drôle.

– Ne vous moquez pas de la religion, espèce de femelle sacrilège. Je suis né le 24 février, jour de la Saint-Prétextat ; mon père et ma mère, en panne d'inspiration, se sont conformés à cette décision du calendrier.

– Ciel ! Alors si vous étiez né un mardi gras, ils vous auraient appelé Mardi-Gras, ou Gras tout court ?

– Cessez de blasphémer, vile créature ! Apprenez, ignorante, que saint Prétextat était archevêque de Rouen au VIᵉ siècle, et grand ami de Grégoire de Tours, qui était un homme très bien, dont vous n'avez naturellement jamais entendu parler. C'est grâce à Prétextat que les Mérovingiens ont existé, car c'est lui qui a marié Mérovée à Brunehaut, au péril de sa vie d'ailleurs. Tout ceci pour vous dire que vous n'avez pas à rire d'un nom aussi illustre.

– Je ne vois pas en quoi vos précisions historiques rendent votre prénom moins risible. Dans le genre, celui de votre cousine n'est pas mal non plus.

– Quoi ! Vous oseriez rire du nom de ma cousine ? Je vous l'interdis ! Vous êtes un monstre de trivialité et de mauvais goût ! Léopoldine est le prénom le plus beau, le plus noble, le plus gracieux, le plus déchirant qui ait jamais été porté.

– Ah.

– Parfaitement ! Je ne connais qu'un seul prénom qui arrive à la cheville de Léopoldine : c'est Adèle.

– Tiens, tiens.

– Oui. Le père Hugo avait bien des défauts, mais il y a une chose que personne ne pourra lui enlever : c'était un homme de goût. Même quand son œuvre pèche par mauvaise foi, elle est belle et grandiose. Et il avait donné à ses deux filles les deux prénoms les plus magnifiques. Comparés à Adèle et Léopoldine, tous les prénoms féminins sont minables.

– C'est une question de goût.

– Mais non, imbécile ! Qui se soucie des goûts des gens comme vous, du peuple, de la pègre, de la médiocrité, du commun ? Seuls comptent les goûts des génies, comme Victor Hugo et moi. En plus, Adèle et Léopoldine sont des noms chrétiens.

– Et alors ?

– Je vois, mademoiselle fait partie de cette populace nouveau genre qui aime les noms païens. Vous seriez du style à appeler vos enfants Krishna, Élohim, Abdallah, Tchang, Empédocle, Sitting Bull ou Akhénaton, hein ? Grotesque. Moi, j'aime les noms chrétiens. Au fait, quel est votre prénom ?

– Nina.

– Ma pauvre petite.

– Comment ça, ma pauvre petite ?

– Encore une qui ne s'appelle ni Adèle ni Léopoldine. Le monde est injuste, vous ne trouvez pas ?

– Vous avez bientôt fini de dire n'importe quoi ?

– N'importe quoi ? Mais rien n'est plus important. Ne pas s'appeler Adèle ou Léopoldine, c'est une injustice fondamentale, une tragédie primordiale, surtout pour vous que l'on a affublée de ce prénom païen...

– Je vous arrête : Nina est un prénom chrétien. La Sainte-Nina tombe le 14 janvier, date de votre première interview.

– Je me demande bien ce que vous allez chercher à prouver avec une coïncidence aussi insignifiante.

– Pas si insignifiante que ça. Je suis revenue de vacances le 14 janvier, c'est ce jour-là que j'ai appris l'imminence de votre mort.

– Et alors ? Vous vous imaginez que ça crée des liens entre nous ?

– Je n'imagine rien, mais vous m'avez tenu il y a quelques minutes des propos extrêmement étranges.

– Oui, je vous surestimais. Vous m'avez beaucoup déçu depuis. Et votre prénom, ce fut la débâcle pour moi. A présent, vous n'êtes plus rien à mes yeux.

– Vous m'en voyez ravie ; j'aurai donc la vie sauve.

– La non-vie sauve, oui. Qu'en ferez-vous ?

– Toutes sortes de choses : terminer cette interview, par exemple.

– Exaltant. Alors que j'aurais pu, dans ma bonté, vous garantir une superbe apothéose !

– A ce propos, comment auriez-vous fait pour me tuer ? Assassiner une petite fille aimante, quand on est un garçon leste de dix-sept ans, c'est facile. Mais pour un vieillard impotent, assassiner une jeune femme hostile, c'eût été une gageure.

– Je pensais, dans ma naïveté, que vous ne m'étiez pas hostile. Être vieux, obèse et impotent ne m'eût pas gêné si vous m'aviez aimé comme Léopoldine m'aimait, si vous aviez été consentante comme elle le fut...

– Monsieur Tach, j'ai besoin que vous me disiez la

137

vérité : Léopoldine fut-elle réellement et consciemment consentante ?

– Si vous aviez vu la docilité avec laquelle elle s'est laissé faire, vous ne me poseriez pas cette question.

– Encore faudrait-il savoir pourquoi elle a été docile : l'aviez-vous droguée, galvanisée, sermonnée, battue ?

– Non, non, non et non. Je l'aimais, comme je l'aime d'ailleurs toujours. C'était plus qu'assez. Cet amour-là est d'une qualité que ni vous ni personne n'avez jamais connue. Si vous l'aviez connue, vous ne me poseriez pas ces questions ineptes.

– Monsieur Tach, vous est-il impossible d'imaginer une autre version de cette histoire ? Vous vous aimiez, c'est entendu. Mais ça n'implique pas que Léopoldine voulait mourir. Si elle s'est laissé faire, c'est peut-être uniquement par amour pour vous et non par désir de mourir.

– C'est la même chose.

– Ce n'est pas la même chose. Elle vous aimait peut-être tellement qu'elle ne voulait pas vous contrarier.

– Me contrarier ! J'adore le vocabulaire de scène de ménage que vous employez pour exprimer un moment aussi métaphysique.

– Métaphysique pour vous, peut-être pas pour elle. Ce moment que vous avez vécu avec extase, elle l'a peut-être vécu avec résignation.

– Écoutez, je suis mieux placé que vous pour le savoir, non ?

– A mon tour de vous répondre que rien n'est moins sûr.

– Merde à la fin ! L'écrivain, c'est vous ou moi ?

– C'est vous, et c'est pour cette raison que j'ai bien du mal à vous croire.

– Et si je vous racontais les choses oralement, vous me croiriez ?

– Je ne sais pas. Essayez donc.

– Hélas, ce n'est pas facile. Si j'ai écrit ce moment, c'était parce qu'il était impossible à dire. L'écriture commence là où s'arrête la parole, et c'est un grand mystère que ce passage de l'indicible au dicible. La parole et l'écrit se relaient et ne se recoupent jamais.

– Voilà des considérations admirables, monsieur Tach, mais je vous rappelle qu'il est question d'assassinat, et non de littérature.

– Y a-t-il une différence ?

– La différence qu'il y a entre la cour d'assises et l'Académie française, je suppose.

– Il n'y a aucune différence entre la cour d'assises et l'Académie française.

– Intéressant, mais vous vous égarez, cher monsieur.

– Vous avez raison. Mais raconter ça ! Vous rendez-vous compte que je n'en ai jamais parlé de ma vie ?

– Il faut un début à tout.

– C'était le 13 août 1925.

– Voilà déjà un excellent commencement.

– C'était le jour de l'anniversaire de Léopoldine.

– Quelle amusante coïncidence.

– Allez-vous vous taire ? Ne voyez-vous pas que je suis torturé, que les mots ne me viennent pas ?

– Je le vois, et j'en suis ravie. Je suis soulagée à l'idée que, soixante-six ans plus tard, le souvenir de votre crime vous torture enfin.

– Vous êtes mesquine et revancharde comme toutes les femelles. Vous aviez raison de dire que *Hygiène de l'assassin* comptait seulement deux personnages féminins : ma grand-mère et ma tante. Léopoldine n'était pas un personnage féminin, elle était – elle est pour toujours – un enfant, un être miraculeux, au-delà des sexes.

– Mais pas au-delà du sexe, d'après ce que j'ai pu comprendre en lisant votre livre.

– Nous seuls savions qu'il n'est pas nécessaire d'être pubère pour faire l'amour, au contraire : la puberté vient tout gâcher. Elle amoindrit la sensualité et la capacité d'extase, d'abandon. Personne ne fait aussi bien l'amour que les enfants.

– Vous mentiez donc quand vous disiez que vous étiez vierge.

– Non. Dans le vocabulaire commun, le dépucelage masculin n'est possible qu'après la puberté. Or, je n'ai jamais fait l'amour après la puberté.

– Je vois que vous jouez sur les mots, une fois de plus.

– Pas du tout, c'est vous qui n'y connaissez rien. Mais j'aimerais que vous cessiez de m'interrompre continuellement.

– Vous avez interrompu une vie ; souffrez qu'on interrompe vos logorrhées.

– Allons donc, mes logorrhées vous arrangent bien. Elles rendent votre métier tellement plus facile.

– C'est un peu vrai. Alors, allez-y pour la logorrhée du 13 août 1925.

– Le 13 août 1925 : c'était le plus beau jour du monde. J'ose espérer que chaque être humain a eu, dans sa vie, un 13 août 1925 – car plus qu'une date, ce jour-là était un sacre. Le plus beau jour du plus bel été, tiède et venteux, l'air léger sous les arbres lourds. Léopoldine et moi avions commencé notre journée vers une heure du matin, après notre sommeil rituel d'environ une heure et demie. On pourrait croire qu'avec de pareils horaires nous étions continuellement épuisés : ce n'était jamais le cas. Nous étions tellement avides de notre Éden que nous avions souvent des difficultés à nous endormir. C'est à dix-huit ans, après l'incendie du château, que j'ai commencé à dormir mes huit heures par jour : les êtres trop heureux ou trop malheureux sont incapables d'absences aussi longues. Léopoldine et moi n'aimions rien autant que de nous réveiller. L'été, c'était encore mieux, car nous passions les nuits dehors et dormions en pleine forêt, enroulés dans un couvre-lit en damas perle que j'avais volé au château. Celui qui s'éveillait le premier contemplait l'autre et ce regard suffisait à le faire revenir. Le 13 août 1925, je m'étais éveillé le premier, vers une heure, et elle n'avait pas tardé à me rejoindre. Nous avions tellement le temps de faire tout ce qu'une belle nuit invite à faire, tout ce qui, au cœur du damas de moins en moins perle, de plus en plus feuille morte, nous élevait à la dignité d'hiérophantes – je me plaisais à appeler Léopoldine l'hiérinfante, j'étais déjà si cultivé, si spirituel, mais je m'égare...

– Oui.

– Le 13 août 1925, disais-je donc. Une nuit absolument calme et noire, d'une douceur insolite. C'était l'anniversaire de Léopoldine mais ça ne signifiait rien pour nous : depuis trois ans, le temps ne nous concernait plus. Nous n'avions plus changé d'un atome, nous nous étions seulement et prodigieusement allongés, sans que cette amusante étiration ait modifié notre complexion informe, imberbe, inodore, infantile. Aussi ne lui ai-je pas souhaité son anniversaire ce matin-là. Je crois avoir fait bien mieux, avoir donné une leçon d'été à l'été lui-même. C'était la dernière fois de ma vie que je faisais l'amour. Je l'ignorais, mais sans doute la forêt le savait-elle, car elle était silencieuse comme une vieille voyeuse. C'est quand le soleil s'est levé sur les collines que le vent a commencé à souffler, chassant les nuages nocturnes et dévoilant un ciel d'une pureté presque égale à la nôtre.

– Quel lyrisme admirable.

– Cessez de m'interrompre. Voyons, où en étais-je ?

– Au 13 août 1925, lever du soleil, *post coïtum*.

– Merci, mademoiselle le greffier.

– De rien, monsieur l'assassin.

– Je préfère ma qualification à la vôtre.

– Je préfère ma qualification à celle de Léopoldine.

– Si vous l'aviez vue ce matin-là ! C'était la créature la plus belle du monde, une immense infante blanche et lisse aux cheveux sombres et aux yeux sombres. L'été, à l'exception des très rares moments où nous allions au château, nous vivions nus – le domaine était si grand que nous n'apercevions jamais personne. Aussi passions-nous l'essentiel de nos journées dans les lacs, auxquels j'attribuais des vertus amniotiques, ce qui ne devait pas être tellement absurde, vu les résultats. Mais qu'importe la cause ? Seul compte ce miracle qui était quotidien – miracle du temps figé pour jamais, du moins le croyions-nous. En ce 13 août 1925, nous avions toutes les raisons de le croire en nous contemplant l'un l'autre avec hébétude. Ce matin-là, comme chaque matin, j'ai plongé dans le lac sans hésiter et j'ai ri de Léopoldine qui, elle, mettait toujours une éternité à rentrer dans l'eau glacée. Cette moquerie était un rituel de plus, auquel je prenais plaisir, car ma cousine n'était jamais aussi jolie à regarder que debout, un pied dans le lac, blême, riant de froid, m'assurant qu'elle n'y parviendrait pas, puis déployant peu à peu ses longs membres livides pour me rejoindre, comme au ralenti, échassier frissonnant, les lèvres bleues. Ses grands yeux pleins de terreur – la peur lui allait si bien –, bégayant que c'était horrible...

– Mais vous êtes d'un sadisme épouvantable !

– Vous n'y connaissez rien. Si vous aviez quelque science du plaisir, vous sauriez que la peur et la douleur et surtout les frissons sont les meilleurs préludes. Quand elle s'était immergée à fond, comme moi, le froid laissait place à la fluidité, à la douceur si facile de la vie dans l'eau. Ce matin-là, comme chaque matin d'été, nous avions mariné sans arrêt, parfois glissant à deux vers les profondeurs du lac, les yeux ouverts, regardant nos corps verdis par les reflets aquatiques, parfois nageant en surface, rivalisant de vitesse, parfois barbotant, accrochés aux branches des saules, parlant comme les enfants parlent, mais avec un plus grand savoir de l'enfance, parfois faisant la planche durant des heures, buvant le ciel des yeux, dans le silence parfait des eaux glaciales. Lorsque le froid nous avait transpercés, nous nous hissions sur de grandes pierres émergées et nous nous laissions sécher au soleil. Le vent de ce 13 août était particulièrement agréable et nous séchait très vite. Léopoldine avait replongé la première et s'était amarrée à l'îlot où je me réchauffais encore. C'était à son tour de se moquer de moi. Je la vois comme si c'était hier, les coudes sur la pierre et le menton sur ses poignets croisés, le regard impertinent et les longs cheveux qui, dans l'eau, suivaient les ondulations de ses jambes à peine visibles, dont la blancheur lointaine faisait un peu peur. Nous étions si heureux, si irréels, si amoureux, si beaux, et pour la dernière fois.

– Pas d'élégie, s'il vous plaît. Si ce fut la dernière fois, ce fut de votre faute.

– Et alors ? En quoi cela rend-il les choses moins tristes ?

– Les choses n'en sont que plus tristes, au contraire, mais comme vous en êtes le responsable vous n'avez pas le droit de vous en plaindre.

– Le droit ? Tout ce qu'il ne faut pas entendre. Je me fous du droit et quelle que soit ma part de responsabilité

143

dans cette affaire, je me trouve à plaindre. D'ailleurs, ma part de responsabilité était quasi nulle.

– Ah oui ? C'est le vent qui l'a étranglée ?

– C'est moi, mais ce n'était pas ma faute.

– Vous voulez dire que vous l'avez étranglée dans un moment de distraction ?

– Non, sotte, je veux dire que c'était la faute de la nature, de la vie, des hormones et de toutes ces saloperies. Laissez-moi raconter mon histoire et laissez-moi être élégiaque. Je vous parlais donc de la blancheur des jambes de Léopoldine, cette blancheur si mystérieuse, surtout quand elle transparaissait sous la noirceur verdâtre des eaux. Pour rester en équilibre horizontal, ma cousine battait lentement de ses longues jambes que je voyais remonter en alternance vers la surface – le pied n'avait pas le temps d'émerger, la jambe redescendait déjà et s'engloutissait dans le néant avant de laisser place à la blancheur de l'autre jambe, et ainsi de suite. En ce 13 août 1925, couché sur l'îlot pierreux, je ne me lassais pas de ce spectacle gracieux. Je ne sais pas combien de temps a duré ce moment. Il fut interrompu par un détail anormal dont la crudité me choque encore : le ballet des jambes de Léopoldine fit remonter, des profondeurs du lac, un mince filet de fluide rouge, d'une densité très spéciale, à en juger d'après son inappétence à se mêler à l'eau pure.

– Bref, du sang.

– Que vous êtes crue.

– Votre cousine avait tout simplement ses premières règles.

– Vous êtes immonde

– Ça n'a rien d'immonde, c'est normal.

– Précisément.

– Voici une attitude qui ne vous ressemble pas, monsieur Tach. Vous, ardent ennemi de la mauvaise foi, défenseur carnassier des langages crus, vous voilà offusqué comme un héros d'Oscar Wilde pour avoir entendu appeler un chat un chat. Vous étiez amoureux fou, mais cet amour ne soustrayait pas Léopoldine au nombre des humains.

– Si.

– Dites-moi que je rêve : c'est vous, le génie sarcastique, la plume célinienne, le vivisecteur cynique, le métaphysicien de la dérision, qui proférez des niaiseries dignes d'un adolescent baroque ?

– Taisez-vous, iconoclaste. Ce ne sont pas des niaiseries.

– Ah non ? Les amours des petits châtelains, le jeune garçon amoureux de sa noble cousine, le pari romantique contre le temps, les lacs limpides dans la forêt de légende – si ce ne sont pas là des niaiseries, alors rien n'est niais en ce bas monde.

– Si vous me laissiez raconter la suite, vous comprendriez que ce n'est pas vraiment une histoire niaise.

– Essayez donc de m'en convaincre. Ce ne sera pas facile, car ce que vous m'avez raconté jusqu'à présent m'a consternée. Ce garçon incapable d'accepter que sa cousine ait ses premières règles, c'est grotesque. Ça pue le lyrisme végétarien.

– La suite n'est pas végétarienne, mais j'ai besoin d'un minimum de silence pour la raconter.

– Je ne promets rien ; il est difficile de vous écouter sans réagir.

– Attendez au moins que j'aie fini pour réagir. Merde, où en étais-je ? Vous m'avez fait perdre le fil de mon récit.

– Du sang dans l'eau.

– Juste ciel, c'est exact. Imaginez mon choc : l'intrusion brutale de cette couleur rouge et chaude au cœur de tant de lividités – l'eau glaciale, la noirceur chlorotique du lac, la blancheur des épaules de Léopoldine, ses lèvres bleues comme du sulfate de mercure, et puis surtout ses jambes dont les imperceptibles épiphanies évoquaient, par leur lenteur insondable, quelque caresse hyperboréenne. Non, il était inadmissible qu'entre ces jambes-là, il puisse y avoir la source d'un épanchement répugnant.

– Répugnant !

– Répugnant, je maintiens. Répugnant par ce qu'il était et plus encore par ce qu'il signifiait – sacre affreux, passage de la vie mythique à la vie hormonale, passage de la vie éternelle à la vie cyclique. Il faut être végétarien pour se contenter d'une éternité cyclique. A mes yeux, c'est une contradiction dans les termes. Pour Léopoldine et moi, l'éternité ne se pouvait concevoir qu'à une première personne d'un singulier singulier puisqu'il nous englobait tous les deux. L'éternité cyclique, elle, suggère que des tiers viennent prendre le relais des vies des autres – et il faudrait se satisfaire de cette expropriation, et il faudrait se réjouir de ce processus d'usurpation ! Je n'ai que mépris pour ceux qui acceptent cette sinistre comédie : je ne les méprise pas tant pour leur capacité ovine de résignation que pour l'anémie de leur amour. Car s'ils étaient capables d'un amour vrai, ils ne se soumettraient pas avec cette veulerie, ils ne toléreraient pas de voir souffrir ceux qu'ils prétendent aimer, ils prendraient, sans lâcheté égoïste, la responsabilité de leur éviter un sort aussi abject. Ce filet de sang dans l'eau du lac signifiait la fin de l'éternité de Léopoldine. Et moi, parce que je l'aimais à fond, j'ai décidé de la rendre à cette éternité sans atermoyer.

– Je commence à comprendre.

– Vous n'êtes pas rapide.

– Je commence à comprendre à quel point vous êtes malade.

– Que direz-vous de la suite, alors ?

– Avec vous, le pire est toujours sûr.

– Avec ou sans moi, le pire est toujours sûr, mais je crois avoir évité le pire à une personne au moins. Léopoldine a vu mon regard se figer derrière elle et elle s'est retournée. Elle est sortie de l'eau à toute vitesse, comme épouvantée. Elle s'est hissée à côté de moi sur l'îlot pierreux. L'origine du filet de sang ne fit plus de doute. Ma cousine était révulsée et je la comprenais. Pendant les trois années précédentes, nous n'avions jamais évoqué cette éventualité. Il y avait comme un accord tacite quant à la conduite à adopter en pareil cas – cas tellement inacceptable que, pour préserver notre hébétude, nous avions préféré nous en tenir à un accord tacite.

– C'est bien ce que je craignais. Léopoldine ne vous avait rien demandé, et vous l'avez tuée au nom d'un « accord tacite » issu des ténèbres malsaines de votre seule imagination.

– Elle ne m'avait rien demandé explicitement, mais ce n'était pas nécessaire.

– Oui, c'est exactement ce que je disais. Dans quelques instants, vous allez me vanter les vertus du non-dit.

– Vous, vous auriez voulu un contrat en bonne et due forme, signé devant un notaire, hein ?

– J'aurais préféré n'importe quoi à votre manière d'agir.

– Peu importe ce que vous eussiez préféré. Seul comptait le salut de Léopoldine.

– Seule comptait votre conception du salut de Léopoldine.

– C'était aussi sa conception. La preuve, chère mademoiselle, c'est que nous ne nous sommes rien dit. Je lui ai embrassé les yeux très doucement et elle a compris. Elle a eu l'air apaisé, elle a souri. Tout s'est passé très vite. Trois minutes plus tard, elle était morte.

– Quoi, comme ça, sans délai ? C'est... c'est monstrueux.

– Vous eussiez voulu que cela durât deux heures, comme à l'Opéra ?

– Mais enfin, on ne tue pas les gens comme ça.

– Ah non ? J'ignorais qu'il y avait des usages en la matière. Existe-t-il un traité des bonnes manières pour les assassins ? Un précis de savoir-vivre, pour les victimes ? La prochaine fois, je vous promets que je tuerai avec plus de politesse.

– La prochaine fois ? Dieu merci, il n'y aura pas de prochaine fois. Entre-temps, vous me donnez envie de vomir.

– Entre-temps ? Vous m'intriguez.

– Ainsi, vous prétendiez l'aimer, et vous l'avez étranglée sans même le lui dire une dernière fois ?

– Elle le savait. Mon geste en était d'ailleurs la preuve. Si je ne l'avais pas tant aimée, je ne l'aurais pas tuée.

– Comment pouvez-vous être certain qu'elle le savait ?

– Nous ne parlions jamais de ces choses-là, nous étions sur la même longueur d'onde. Et puis, nous n'étions pas bavards. Mais laissez-moi raconter la strangulation. Je n'ai jamais eu l'occasion d'en parler, mais j'aime y songer – combien de fois n'ai-je pas revécu, dans l'intimité de ma mémoire, cette si belle scène ?

– Vous avez de ces passe-temps !

– Vous verrez, vous y prendrez goût, vous aussi.

– Prendre goût à quoi ? A vos souvenirs ou à la strangulation ?

– A l'amour. Mais laissez-moi raconter, s'il vous plaît.

– Puisque vous insistez.

– Nous étions donc sur l'îlot pierreux, au milieu du lac. Dès l'instant où la mort fut décrétée, l'Éden, qui venait pour la première fois de nous être arraché pour deux minutes, nous fut rendu pour trois minutes. Nous étions absolument conscients de n'en avoir plus que pour cent quatre-vingts secondes édéniques, il fallait donc bien faire les choses, et nous les fîmes bien. Oh, je sais ce que vous pensez : que tout le mérite d'une belle strangulation revient au seul étrangleur. C'est inexact. L'étranglé est beaucoup moins passif qu'on ne le croit. Avez-vous vu ce très mauvais film tourné par un barbare – un Japonais, si je me souviens bien – qui se termine par une strangulation d'environ trente-deux minutes ?

– Oui, *L'Empire des sens*, d'Oshima.

– La scène de strangulation est ratée. Moi qui m'y connais, je puis affirmer que ça ne se passe pas comme ça. D'abord, une strangulation de trente-deux minutes, c'est d'un mauvais goût ! Il y a comme un refus, de la part de tous les arts, d'admettre que les assassinats sont des péripéties alertes et rapides. Hitchcock l'avait compris, lui. Et puis, encore une chose que ce monsieur japonais n'a pas comprise : une strangulation, ça n'a rien de lénifiant et de douloureux, au contraire, c'est tonique, c'est frais.

– Frais ? Quel adjectif inattendu ! Pourquoi pas vitaminé, tant que vous y êtes ?

– Pourquoi pas, en effet ? On se sent revitalisé, quand on a étranglé une personne aimée.

– Vous en parlez comme si vous faisiez cela régulièrement.

– Il suffit d'avoir fait une chose une seule fois – mais en profondeur – pour ne cesser de la refaire tout au long de sa vie. A cette fin, il est impératif que la scène cruciale soit une perfection esthétique. Ce monsieur japonais ne devait pas le savoir, ou alors il était fort maladroit, car sa strangulation est laide, et même ridicule : l'étrangleuse a l'air de faire des pompages et l'étranglé semble écrasé sous un rouleau compresseur. Ma strangulation à moi fut une splendeur, vous pouvez m'en croire.

– Je n'en doute pas. Je me pose néanmoins une question : pourquoi avez-vous choisi la strangulation ? Étant donné l'endroit où vous étiez, la noyade eût été plus logique. C'est d'ailleurs l'explication que vous avez donnée aux parents de votre cousine, quand vous leur avez apporté le cadavre – explication peu crédible, vu les marques autour du cou. Alors, pourquoi n'avez-vous pas tout simplement noyé l'enfant ?

– Excellente question. J'y ai pensé aussi, en ce 13 août 1925. Ma réflexion fut très rapide. Je me suis dit que si toutes les Léopoldine devaient mourir noyées, cela tournerait au procédé, à la loi du genre, et que ce serait un peu vulgaire. Sans compter que la mémoire du père Hugo eût été peut-être outrée de ce plagiat servile.

– Vous avez donc renoncé à la noyade pour éviter une référence. Mais le choix de la strangulation vous exposait à d'autres références.

– C'est vrai, et pourtant, ce motif-là n'est pas entré en ligne de compte. Non, ce qui m'a déterminé à étrangler ma cousine fut surtout la beauté de son cou. Tant sous l'angle de la nuque que sous l'angle de la gorge, c'était un cou sublime, long et souple, au dessin admirable. Quelle finesse ! Pour parvenir à m'étrangler, il faudrait au moins deux paires de mains. Avec un cou délicat comme le sien, l'étreinte fut d'une aisance !

– Si elle n'avait pas eu un beau cou, vous ne l'auriez pas étranglée ?

– Je ne sais pas. Je l'aurais peut-être fait quand même, parce que je suis très manuel. Or, la strangulation est le genre de mise à mort le plus directement manuel qui soit. Étrangler procure aux mains une impression de plénitude sensuelle inégalable.

– Vous voyez bien que vous l'avez fait pour votre plaisir. Pourquoi essayez-vous de me faire avaler que vous l'avez étranglée pour son salut ?

– Ma chère petite, vous avez l'excuse de n'y rien connaître en théologie. Pourtant, puisque vous prétendez avoir lu tous mes livres, vous devriez comprendre. J'ai écrit un beau roman qui s'appelle *La Grâce conco-mitante* et qui exprime l'extase que Dieu donne au cours des actions pour les rendre méritoires. C'est une notion que je n'ai pas inventée et que les vrais mystiques connaissent souvent. Eh bien, en étranglant Léopoldine, mon plaisir fut la grâce concomitante au salut de mon aimée.

– Vous allez finir par me dire que *Hygiène de l'assas-sin* est un roman catholique.

– Non. C'est un roman édifiant.

– Terminez donc mon édification, et contez-moi la dernière scène.

– J'y viens. Les choses se sont passées avec la sim-plicité des chefs-d'œuvre. Léopoldine s'est assise sur mes genoux, face à moi. Remarquez, mademoiselle le greffier, qu'elle le fit de sa propre initiative.

– Ça ne prouve rien.

– Croyez-vous qu'elle fut étonnée, quand j'ai entouré son cou de mes mains, quand j'en ai serré l'étau ? Pas du tout. Nous souriions l'un et l'autre, les yeux dans les yeux. Ce n'était pas une séparation puisque nous mourions ensemble. Je, c'était nous deux.

– Comme c'est romantique.

– N'est-ce pas ? Vous ne pourrez jamais imaginer

combien Léopoldine était belle, surtout à ce moment-là. Il ne faut pas étrangler les gens qui ont le cou engoncé dans les épaules, ce n'est pas esthétique. En revanche, la strangulation sied aux longs cous gracieux.

– Votre cousine devait être une étranglée bien élégante.

– A ravir. Entre mes mains, je sentais la délicatesse de ses cartilages qui, doucement, cédaient.

– Qui a tué par les cartilages périra par les cartilages.

L'obèse fixa la journaliste avec stupéfaction.

– Vous avez entendu ce que vous avez dit ?

– Je l'ai dit à dessein.

– C'est extraordinaire ! Vous êtes une voyante. Comment n'y avais-je jamais songé ? Nous savions déjà que le syndrome d'Elzenveiverplatz était le cancer des assassins, mais il nous manquait une explication : la voilà ! Ces dix bagnards de Cayenne s'en étaient sûrement pris aux cartilages de leurs victimes. Notre-Seigneur l'avait bien dit : Les armes des meurtriers se retournent toujours contre eux-mêmes. Grâce à vous, mademoiselle, je sais enfin pourquoi j'ai le cancer des cartilages ! Quand je vous disais que la théologie était la science des sciences !

Le romancier semblait avoir atteint l'extase intellectuelle du savant qui, après vingt années de recherches, découvre enfin la cohérence de son système. Son regard déshabillait quelque absolu invisible tandis que son front gras perlait comme une muqueuse.

– J'attends toujours la fin de cette histoire, monsieur Tach.

La mince jeune femme contemplait avec dégoût le faciès illuminé du gros vieillard.

– La fin de cette histoire, mademoiselle ? Mais cette histoire ne finit pas, elle commence à peine ! C'est vous-même qui venez de me le faire comprendre. Les

cartilages, articulations par excellence ! Articulations
du corps mais surtout articulations de cette histoire !

– Ne seriez-vous pas en train de délirer ?

– Délire, oui, délire de la cohérence enfin retrouvée !
Grâce à vous, mademoiselle, je vais enfin pouvoir écrire
la suite et peut-être la fin de ce roman. En dessous de
Hygiène de l'assassin, je mettrai un sous-titre : « Histoire de cartilages. » Le plus beau testament du monde,
vous ne trouvez pas ? Mais il faudra que je me dépêche,
il me reste si peu de temps pour l'écrire ! Mon Dieu,
quelle urgence ! Quel ultimatum !

– Tout ce que vous voudrez, mais avant d'écrire cette
prolongation, vous devrez me raconter la fin de ce
13 août 1925.

– Ce ne sera pas une prolongation, ce sera un flash-
back ! Comprenez-moi : les cartilages sont mon chaî-
non manquant, articulations ambivalentes qui permettent d'aller de l'arrière vers l'avant mais aussi de l'avant
vers l'arrière, d'avoir accès à la totalité du temps, à
l'éternité ! Vous me demandez la fin de ce 13 août
1925 ? Mais ce 13 août 1925 n'a pas de fin, puisque
l'éternité a commencé ce jour-là. Ainsi, aujourd'hui,
vous pensez que nous sommes le 18 janvier 1991, vous
croyez que c'est l'hiver et qu'on se bat dans le Golfe.
Vulgaire erreur ! Le calendrier s'est arrêté depuis
soixante-cinq ans et demi ! Nous sommes en plein été
et je suis un bel enfant.

– Ça ne se voit pas.

– C'est parce que vous ne me regardez pas avec assez
d'intensité. Voyez mes mains, mes si jolies mains, si
fines.

– Je dois reconnaître que c'est vrai. Vous êtes obèse
et difforme, mais vous avez gardé des mains gracieuses,
des mains de page.

– N'est-ce pas ? C'est un signe, naturellement : mes

mains ont joué dans cette histoire un rôle démesuré. Depuis le 13 août 1925, ces mains n'ont jamais cessé d'étrangler. Ne voyez-vous pas qu'à l'instant même où je vous parle, je suis en train d'étrangler Léopoldine ?

– Non.

– Mais si. Regardez mes mains. Regardez leurs phalanges qui étreignent ce cou de cygne, regardez les doigts qui massent les cartilages, qui pénètrent le tissu spongieux, ce tissu spongieux qui deviendra le texte.

– Monsieur Tach, je vous prends en flagrant délit de métaphore.

– Ce n'est pas une métaphore. Qu'est-ce que le texte, sinon un gigantesque cartilage verbal ?

– Que vous le vouliez ou non, c'est une métaphore.

– Si vous voyiez les choses dans leur totalité, comme je les vois pour l'instant, vous comprendriez. La métaphore est une invention qui permet aux humains d'établir une cohérence entre les fragments de leur vision. Quand cette fragmentation disparaît, les métaphores n'ont plus aucun sens. Pauvre petite aveugle ! Un jour peut-être vous aurez accès à cette totalité et vos yeux s'ouvriront, comme les miens s'ouvrent enfin, après soixante-cinq années et demie de cécité.

– N'auriez-vous pas besoin d'un calmant, monsieur Tach ? Vous m'avez l'air dangereusement survolté.

– Il y a de quoi. J'avais oublié qu'on pouvait être heureux à ce point.

– Quelle raison avez-vous d'être heureux ?

– Je vous l'ai dit : je suis en train d'étrangler Léopoldine.

– Et ça vous rend heureux ?

– Et comment ! Ma cousine approche du septième ciel. Sa tête s'est renversée vers l'arrière, sa bouche ravissante s'est entrouverte, ses yeux immenses avalent l'infini, à moins que ce ne soit le contraire, son visage

154

est un grand sourire, et voilà, elle est morte, je desserre l'étreinte, je lâche son corps qui glisse dans le lac, qui fait la planche – ses yeux regardent le ciel avec extase, ensuite Léopoldine coule et disparaît.

– Vous allez la repêcher ?

– Pas tout de suite. Je réfléchis d'abord à ce que j'ai fait.

– Vous êtes content de vous ?

– Oui. J'éclate de rire.

– Vous riez ?

– Oui. Je songe que, normalement, les assassins font couler le sang d'autrui, tandis que moi, sans verser une goutte du sang de ma victime, je l'ai tuée pour mettre un terme à son hémorragie, pour la restituer à son immortalité originelle et non sanglante. Un tel paradoxe me fait rire.

– Vous avez un sens de l'humour étonnamment déplacé.

– Ensuite, je regarde le lac dont le vent a uniformisé la surface jusqu'à effacer les derniers remous de la chute de Léopoldine. Et je pense que ce linceul est digne de ma cousine. Brusquement, je songe à la noyade de Villequier et je me rappelle le mot d'ordre : « Attention, Prétextat, pas de loi du genre, pas de plagiat. » Alors je plonge, j'atteins les profondeurs verdâtres où m'attend ma cousine, encore si proche de moi et déjà énigmatique comme un vestige immergé. Ses longs cheveux flottent plus haut que sa figure, et elle a pour moi un mystérieux sourire d'Atlante.

Long silence.

– Et après ?

– Oh, après... Je la remonte à la surface et je prends dans mes bras son corps léger, souple comme une algue. Je la ramène au château, où l'arrivée de ces deux nudités charmantes fait grande impression. On s'aperçoit vite que Léopoldine est encore beaucoup plus nue que moi. Quoi de plus nu qu'un cadavre ? Commencent alors des démonstrations ridicules, cris, pleurs, lamentations, imprécations contre le sort et contre ma négligence, désespoir – une scène d'un kitsch digne d'un plumitif de troisième zone : dès que ce n'est plus moi qui agence les choses, les tableaux prennent une tournure du dernier mauvais goût.

– Vous pourriez comprendre la détresse de ces gens, et surtout des parents de la victime.

– Détresse, détresse... Ceci me paraît très exagéré. Léopoldine n'était pour eux qu'une idée charmante et décorative. Ils ne la voyaient presque jamais. Depuis trois ans que nous avions quasi élu domicile dans la forêt, ils ne s'étaient pas tant inquiétés. Vous savez, ces châtelains vivaient dans un monde d'imageries très conventionnelles ; là, ils avaient compris que le thème de la scène était « le cadavre de l'enfant noyée rendu à ses parents ». Vous pouvez imaginer les références naïvement shakespeariennes et hugoliennes qui s'imposaient à ces braves gens. Celle qu'ils pleurèrent ne fut pas Léopoldine de Planèze de Saint-Sulpice, mais Léopoldine Hugo, mais Ophélie, mais toutes les innocences noyées de l'univers. Pour eux, l'hiérinfante était un cadavre abstrait, on pourrait même dire qu'elle était un phénomène purement culturel, et en se lamentant ils ne faisaient que prouver la profonde alphabétisation de leurs sensibilités. Non, la seule personne qui connaissait la vraie Léopoldine, la seule personne qui aurait eu des raisons concrètes de pleurer sa mort, c'était moi.

– Mais vous ne pleuriez pas.

– De la part d'un assassin, pleurer sa victime, ce serait ne pas avoir de suite dans les idées. Et puis, j'étais bien placé pour savoir que ma cousine était heureuse,

heureuse pour jamais. Aussi étais-je serein et souriant au milieu de ces lamentations hirsutes.

– Ce qui vous fut reproché par la suite, je suppose.

– Vous supposez bien.

– Je suis obligée de me contenter de ces suppositions, vu que votre roman ne va pas beaucoup plus loin.

– En effet. Vous avez pu constater que *Hygiène de l'assassin* est une œuvre très aquatique. Achever ce livre par l'incendie du château eût endommagé une cohérence hydrique aussi parfaite. Je suis agacé par ces artistes qui ne manquent jamais de coupler l'eau et le feu : un dualisme aussi banal tient de la pathologie.

– N'essayez pas de m'avoir. Ce ne sont pas ces considérations métaphysiques qui vous ont déterminé à abandonner votre narration d'une manière aussi abrupte. Vous me le disiez vous-même tout à l'heure, c'est une cause mystérieuse qui est venue bloquer votre plume. Je récapitule vos pages finales : vous laissez le cadavre de Léopoldine dans les bras des parents éplorés, après leur avoir fourni des explications sommaires au point d'être cyniques. La dernière phrase du roman est celle-ci : « Et je suis monté dans ma chambre. »

– Ce n'est pas mal, comme fin.

– Admettons, mais concevez que le lecteur reste sur sa faim.

– Ce n'est pas mal, comme réaction.

– Pour une lecture métaphorique, oui. Pas pour la lecture carnassière que vous recommandez.

– Chère mademoiselle, vous avez à la fois raison et tort. Vous avez raison, c'est une cause mystérieuse qui m'a contraint à laisser ce roman inachevé. Vous avez néanmoins tort parce que, en bonne journaliste, vous auriez voulu que je poursuive la narration d'une manière linéaire. Croyez-moi, c'eût été sordide, car ce qui a suivi ce 13 août n'a été, jusqu'à aujourd'hui, qu'une déchéance immonde et grotesque. Dès le 14 août, l'enfant maigre et sobre que j'étais est devenu un goinfre épouvantable. Était-ce le vide laissé par la mort de Léopoldine ? J'avais continuellement faim de nourritures infâmes – ce goût m'est resté. En six mois, j'avais triplé de poids, j'étais devenu pubère et horrible, j'avais perdu tous mes cheveux, j'avais tout perdu. Je vous parlais de l'imagerie conventionnelle de ma famille : cette imagerie voulait que, suite à la mort d'un être cher, les proches jeûnassent et maigrissent. Ainsi, tous les gens du château jeûnaient et maigrissaient, tandis que, seul de ma scandaleuse espèce, je m'empiffrais et j'enflais à vue d'œil. Je me souviens, non sans hilarité, de ces repas contrastés : mes grands-parents, mon oncle et ma tante salissaient à peine leurs assiettes et, consternés, me regardaient vider les plats et bouffer comme un malpropre. S'ajoutant aux ecchymoses louches qu'ils avaient vues autour du cou de Léopoldine, cette boulimie enflamma les déductions. On ne me parlait plus, je me sentais auréolé de soupçons haineux.

– Et fondés.

– Concevez que j'aie voulu me débarrasser de cette atmosphère qui, peu à peu, cessait de m'amuser. Et concevez que j'aie répugné à démythifier mon splendide roman par ce lamentable épilogue. Vous aviez donc tort de désirer une suite en bonne et due forme, et cependant vous aviez raison, parce que cette histoire exigeait une vraie fin – mais cette fin, je ne pouvais pas la connaître avant aujourd'hui, puisque c'est vous qui me l'apportez.

– Je vous ai apporté une fin, moi ?

– C'est ce que vous êtes en train de faire à l'instant.

– Si vous vouliez me mettre mal à l'aise, vous avez réussi, mais j'aimerais une explication.

– Vous m'avez déjà apporté une donnée finale du plus haut intérêt, avec votre remarque sur les cartilages.

– J'espère que vous n'avez pas l'intention de gâcher ce beau roman en lui greffant le délire cartilagineux dont vous m'avez assommée tout à l'heure.

– Pourquoi pas ? C'était une sacrée trouvaille.

– Je m'en voudrais, de vous avoir suggéré une fin aussi mauvaise. Mieux vaut encore laisser votre roman inachevé.

– Ça, c'est à moi d'en juger. Mais vous allez m'apporter autre chose.

– Quoi donc ?

– C'est vous qui allez me l'apprendre, ma chère enfant. Passons au dénouement, voulez-vous ? Nous avons attendu la durée réglementaire.

– Quel dénouement ?

– Ne faites pas l'innocente. Allez-vous me dire enfin qui vous êtes ? Quel mystérieux lien pouvez-vous avoir avec moi ?

– Aucun.

– Ne seriez-vous pas la dernière rescapée de la lignée de Planèze de Saint-Sulpice ?

– Vous savez bien que cette famille s'est éteinte sans descendance – vous y êtes d'ailleurs pour quelque chose, non ?

– Auriez-vous un lointain parent Tach ?

– Vous savez très bien que vous êtes le dernier descendant des Tach.

– Vous êtes la petite-fille du précepteur ?

– Mais non ! Qu'allez-vous imaginer ?

– Qui était votre aïeul, alors ? Le régisseur ou le majordome du château ? Le jardinier ? Une femme de chambre ? La cuisinière ?

– Arrêtez de délirer, monsieur Tach ; je n'ai aucun

lien d'aucune sorte avec votre famille, votre château, votre village ou votre passé.

– C'est inadmissible.

– Pourquoi ?

– Vous ne vous seriez pas donné tant de mal à faire des recherches sur mon compte si quelque lien obscur ne vous unissait pas à moi.

– Je vous surprends en flagrant délit de déformation professionnelle, cher monsieur. Comme un écrivain obsessionnel, vous ne pouvez pas supporter l'idée qu'il n'existe aucune corrélation mystérieuse entre vos personnages. Les romanciers véritables sont des généalogistes qui s'ignorent. Navrée de vous décevoir : je suis pour vous une étrangère.

– Vous avez certainement tort. Peut-être ne connaissez-vous pas vous-même le lien familial, historique, géographique ou génétique qui nous unit, mais il est hors de doute que ce lien existe. Voyons... Un de vos aïeux ne serait-il pas mort noyé ? N'y a-t-il pas eu des strangulations dans votre entourage collatéral ?

– Arrêtez ce délire, monsieur Tach. Vous chercheriez en vain des similitudes entre nos deux cas – à supposer que ces similitudes aient une quelconque signification. En revanche, ce qui me paraît significatif, c'est votre besoin d'établir une similitude.

– Significatif de quoi ?

– Là est la vraie question, et c'est à vous qu'elle se pose.

– J'ai compris, c'est encore moi qui vais devoir tout faire. Au fond, les théoriciens du Nouveau Roman étaient d'énormes farceurs : la vérité, c'est que rien n'a changé dans la création. Face à un univers informe et insensé, l'écrivain est contraint à jouer les démiurges. Sans l'agencement formidable de sa plume, le monde n'aurait jamais été capable de donner des contours aux

160

choses, et les histoires des hommes auraient toujours béé, comme d'effarantes auberges espagnoles. Et, conformément à cette tradition multimillénaire, voilà que vous m'implorez de jouer au souffleur, de composer votre propre texte, de ponctuer vos répliques.

– Eh bien, allez-y, soufflez.

– Je ne fais que ça, mon enfant. Ne voyez-vous pas que je vous implore, moi aussi ? Aidez-moi à donner un sens à cette histoire, et n'ayez pas la mauvaise foi de me dire que nous n'avons pas besoin de sens : nous en avons besoin plus que de n'importe quoi. Rendez-vous compte ! Depuis soixante-six années, j'attends de rencontrer une personne telle que vous – alors, n'essayez pas de me faire croire que vous êtes la première venue. Ne niez pas qu'un dénominateur étrange a dû orchestrer une pareille entrevue. Je vous pose ma question une dernière fois – je dis bien une dernière fois, car la patience n'est pas mon fort – et je vous en conjure, dites-moi la vérité : qui êtes-vous ?

– Hélas, monsieur Tach.

– Quoi, hélas ? Vous n'avez rien d'autre à me répondre ?

– Si, mais êtes-vous capable d'entendre cette réponse ?

– Je préfère la pire des réponses à une absence de réponse.

– Précisément. Ma réponse est une absence de réponse.

– Soyez claire, je vous prie.

– Vous me demandez qui je suis. Or, vous le savez déjà, non parce que je vous l'ai dit, mais parce que vous l'avez déjà dit vous-même. Avez-vous déjà oublié ? Tout à l'heure, parmi une centaine d'injures, vous avez tapé en plein dans le mille.

– Allez-y, je suis à point.

— Monsieur Tach, je suis une sale petite fouille-merde. Il n'y a rien d'autre à dire sur mon compte, vous pouvez le croire. Je suis navrée. Soyez certain que j'aurais aimé avoir une autre réponse, mais vous exigiez la vérité, et cela est ma seule vérité.

— Je ne pourrai jamais vous croire.

— Vous avez tort. Au sujet de ma vie et de ma généalogie, je ne pourrais vous dire que des banalités. Si je n'avais pas été journaliste, je n'aurais jamais cherché à vous rencontrer. Vous aurez beau chercher, vous retomberez toujours sur la même conclusion : je suis une sale petite fouille-merde.

— Je ne sais pas si vous vous rendez bien compte de ce qu'une pareille réponse suggère comme horreurs.

— Je m'en rends compte, hélas.

— Non, vous ne vous en rendez pas compte, ou alors pas assez. Laissez-moi vous peindre vos horreurs ; imaginez un vieillard mourant, absolument seul et sans espoir. Imaginez qu'une jeune personne vienne, après une attente de soixante-six années, rendre brusquement espoir à ce vieillard en ressuscitant un passé englouti. De deux choses l'une : soit cette personne est un archange mystérieusement proche du vieillard, et c'est une apothéose ; soit cette personne est une parfaite étrangère motivée par la curiosité la plus malsaine, et en ce cas, permettez-moi de vous dire que c'est immonde : c'est une violation de sépulture doublée d'un abus de confiance, c'est arracher à un mourant son trésor le plus précieux en lui faisant miroiter quelque miraculeuse rétribution, et ne lui donner en échange qu'un gros tas de merde. Quand vous êtes arrivée ici, vous avez trouvé un vieillard agonisant dans ses beaux souvenirs, et résigné à ne plus avoir de présent. Quand vous partirez d'ici, vous laisserez un vieillard agonisant dans la pourriture de ses souvenirs, et désespéré de ne plus avoir de présent. Si vous aviez eu un peu de cœur ou de décence, vous m'auriez menti, vous auriez inventé quelque lien entre nous. A présent, il est trop tard, alors si vous avez un peu de cœur ou de décence, achevez-moi, mettez un terme à mon dégoût, car c'est une souffrance insupportable.

– Vous exagérez. Je ne vois pas en quoi j'ai pu dénaturer vos souvenirs à ce point.

– Mon roman avait besoin d'une fin. Par vos manœuvres, vous m'avez fait croire que vous m'apportiez cette fin. Je n'osais plus l'espérer, je revenais à la vie après une interminable hibernation – et puis, sans honte, vous me montrez vos mains vides, vous ne m'apportiez rien d'autre qu'un rebondissement illusoire. A mon âge, on ne supporte plus ces choses-là. Sans vous, je serais mort en laissant un roman inachevé. A cause de vous, c'est ma mort elle-même qui sera inachevée.

– Trêve de figures de style, voulez-vous ?

– Il s'agit bien de figures de style ! Auriez-vous oublié que vous m'avez dépossédé de ma substance ? Je vais vous apprendre une chose, mademoiselle : l'assassin, ce n'est pas moi, c'est vous !

– Pardon ?

– Vous m'avez très bien entendu. L'assassin, c'est vous, et vous avez tué deux personnes. Aussi longtemps que Léopoldine vivait dans ma mémoire, sa mort était une abstraction. Mais vous avez tué son souvenir par votre intrusion de fouille-merde, et en tuant ce souvenir vous avez tué ce qui restait de moi.

– Sophisme.

– Vous sauriez que ce n'est pas un sophisme si vous aviez une vague connaissance de l'amour. Mais comment une sale petite fouille-merde pourrait-elle comprendre ce qu'est l'amour ? Vous êtes la personne la plus étrangère à l'amour qu'il m'ait été donné de rencontrer.

– Si l'amour est ce que vous dites, je suis soulagée de lui être étrangère.

– Décidément, je ne vous aurai rien appris.

– Je me demande bien ce que vous auriez pu m'apprendre, à part étrangler les gens.

– J'aurais voulu vous apprendre qu'en étranglant Léopoldine, je lui avais épargné la seule vraie mort, qui est l'oubli. Vous me considérez comme un assassin, quand je suis l'un des rarissimes êtres humains à n'avoir tué personne. Regardez autour de vous et regardez-vous vous-même : le monde grouille d'assassins, c'est-à-dire de personnes qui se permettent d'oublier ceux qu'ils ont prétendu aimer. Oublier quelqu'un : avez-vous songé à ce que cela signifiait ? L'oubli est un gigantesque océan sur lequel navigue un seul navire, qui est la mémoire. Pour l'immense majorité des hommes, ce navire se réduit à un rafiot misérable qui prend l'eau à la moindre occasion, et dont le capitaine, personnage sans scrupules, ne songe qu'à faire des économies. Savez-vous en quoi consiste ce mot ignoble ? A sacrifier quotidiennement, parmi les membres de l'équipage, ceux qui sont jugés superflus. Et savez-vous lesquels sont jugés superflus ? Les salauds, les ennuyeux, les crétins ? Pas du tout : ceux qu'on jette par-dessus bord, ce sont les inutiles – ceux dont on s'est déjà servi. Ceux-là nous ont donné le meilleur d'eux-mêmes, alors, que pourraient-ils encore nous apporter ? Allons, pas de pitié, faisons le ménage, et hop ! On les expédie par-dessus le bastingage, et l'océan les engloutit, implacable. Et voilà, chère mademoiselle, comment se pratique en toute impunité le plus banal des assassinats. Je n'ai jamais souscrit à cette affreuse tuerie, et c'est au nom de cette innocence que vous m'accusez aujourd'hui, conformément à ce que les humains appellent justice et qui est une sorte de mode d'emploi de la délation.

– Qui vous parle de délation ? Je n'ai pas l'intention de vous dénoncer.

– Vraiment ? Mais alors, vous êtes encore pire que je ne l'imaginais. En général, les fouille-merde ont la décence de s'inventer une cause. Vous, c'est gratuitement que vous fouillez la merde, sans autre plaisir que celui d'empuantir l'atmosphère. Quand vous partirez d'ici, vous vous frotterez les mains en pensant que vous n'avez pas perdu votre journée puisque vous avez souillé l'univers d'autrui. C'est un beau métier que vous faites, mademoiselle.

– Si je comprends bien, vous préféreriez que je vous traîne devant les tribunaux ?

– Certainement. Avez-vous songé à ce que sera mon agonie, si vous ne me dénoncez pas, si vous me laissez seul et vide dans cet appartement, après ce que vous m'avez fait ? Alors que si vous me traînez en justice, ça me divertira.

– Désolée, monsieur Tach, vous n'aurez qu'à vous dénoncer vous-même ; je ne mange pas de ce pain-là.

– Vous êtes au-dessus de ces choses-là, n'est-ce pas ? Vous faites partie de la pire espèce, celle qui préfère salir que démolir. Pouvez-vous m'expliquer ce qui s'est passé dans votre tête, le jour où vous avez décidé de venir me torturer ? A quel instinct gratuitement immonde avez-vous donc cédé ?

– Vous le savez depuis le début, cher monsieur : auriez-vous oublié l'enjeu de notre pari ? Je voulais vous voir ramper à mes pieds. Suite à ce que vous m'avez dit, je le désire plus encore. Rampez donc, puisque vous avez perdu.

– J'ai perdu, en effet, mais je préfère mon sort au vôtre.

– Tant mieux pour vous. Rampez.

– C'est votre vanité féminine qui veut me voir ramper ?

– C'est mon désir de vengeance. Rampez.

– Vous n'avez donc rien compris.

– Mes critères ne seront jamais les vôtres, et j'ai très bien compris. Je considère la vie comme le bienfait le plus précieux, aucun de vos discours n'y changera rien. Sans vous, Léopoldine aurait vécu, avec ce que la vie comporte d'horreurs mais aussi avec ce qu'elle comporte de beautés. Il n'y a rien à ajouter. Rampez.

– Après tout, je ne vous en veux pas.

– Il ne manquerait plus que ça. Rampez.

– Vous vivez dans une sphère étrangère à la mienne. Il est normal que vous ne puissiez pas comprendre.

– Votre condescendance me touche. Rampez.

– En fait, je suis beaucoup plus tolérant que vous : je suis capable d'admettre que vous viviez avec d'autres critères. Pas vous. Pour vous, il n'existe qu'une seule manière de voir les choses. Vous avez l'esprit étroit.

– Monsieur Tach, soyez certain que vos considérations existentielles ne m'intéressent pas. Je vous ordonne de ramper, point final.

– Soit. Mais comment voulez-vous que je rampe ? Auriez-vous oublié que je suis impotent ?

– C'est juste. Je vais vous aider.

La journaliste se leva, prit l'obèse par les aisselles et, au prix d'un gros effort, le jeta sur le tapis, face contre terre.

– Au secours ! A l'aide !

Mais dans cette position, la belle voix du romancier était étouffée et personne ne pouvait l'entendre, à part la jeune femme.

– Rampez.

– Je ne supporte pas d'être couché sur le ventre. Le médecin me l'a interdit.

– Rampez.

– Merde ! Je risque l'asphyxie d'un instant à l'autre.

– Vous saurez donc ce qu'est l'asphyxie, que vous avez infligée à une petite fille. Rampez.

– C'était pour son salut.

– Eh bien moi, c'est pour votre salut que je vous fais risquer l'asphyxie. Vous êtes un détestable vieillard que je veux sauver de la déchéance. C'est donc la même chose. Rampez.

– Mais je suis déjà déchu ! Je n'ai fait que déchoir depuis soixante-cinq années et demie.

– En ce cas, je veux vous voir déchoir davantage. Allez-y, déchoyez.

– Vous ne pouvez pas dire ça, c'est un verbe défectif.

– Si vous saviez ce que je m'en fous. Mais si ce verbe défectif vous gêne, j'en connais un autre qui ne l'est pas : rampez.

– C'est affreux, j'étouffe, je vais crever !

– Tiens, tiens. Je croyais que vous considériez la mort comme un bienfait.

– Elle l'est, mais je ne veux pas mourir tout de suite.

– Ah non ? Pourquoi retarder un événement aussi heureux ?

– Parce que je viens de comprendre quelque chose, et je veux vous le dire avant de mourir.

– Soit. J'accepte de vous retourner sur le dos, mais à une seule condition : il faut d'abord que vous rampiez à mes pieds.

– Je vous promets d'essayer.

– Je ne vous demande pas d'essayer, je vous ordonne de ramper. Si vous n'y parvenez pas, je vous laisse crever.

– Ça va, je rampe.

Et la grosse masse transpirante se traîna sur deux mètres de tapis, en soufflant comme une locomotive.

– Ça vous fait jouir, hein ?

– Oui, ça me fait jouir. Mais je jouis d'autant plus que j'ai conscience de venger quelqu'un. A travers votre corps hypertrophié, j'ai l'impression de voir se découper une fine silhouette que votre souffrance soulage.

– Théâtralement ridicule.

– Vous n'êtes pas content ? Vous voulez encore ramper ?

– Je vous assure qu'il est temps de me retourner. Je suis en train de rendre l'âme, pour autant que j'en aie une.

– Vous m'étonnez. Mourir pour mourir, un bel assassinat ne vaut-il pas mieux qu'une lente agonie cancéreuse ?

– Vous appelez ça un bel assassinat ?

– Aux yeux de l'assassin, le meurtre est toujours beau. C'est la victime qui trouve à y redire. Seriez-vous à même, pour l'instant, de vous intéresser à la valeur artistique de votre mort ? Avouez que non.

– J'avoue que non. Retournez-moi, de grâce.

La journaliste empoigna la masse par la hanche et l'aisselle, et la fit basculer sur le dos en poussant un cri d'effort. L'obèse respirait convulsivement. Il fallut plusieurs minutes pour que son visage terrorisé recouvre un peu de sérénité.

– Quelle était donc cette chose que vous veniez de découvrir et que vous teniez tant à me faire savoir ?

– Je voulais vous dire que c'était un sale moment à passer.

– Mais encore ?

– Ça ne vous suffit pas ?

– Comment ? C'est tout ce que vous avez à me dire ?

168

Il vous aura donc fallu quatre-vingt-trois années pour savoir ce que chacun sait depuis sa naissance.

– Eh bien voilà, moi, je ne le savais pas. Il aura fallu que je sois sur le point de crever pour comprendre l'horreur, non pas de la mort que nous ignorons tous, mais de l'instant de mourir. C'est un très sale moment à passer. Si les autres humains ont cette prescience, moi je ne l'avais pas.

– Vous vous foutez de ma gueule.

– Non. Pour moi, jusqu'à aujourd'hui, la mort, c'était la mort, point final. Ce n'était ni un bien, ni un mal, c'était disparaître. Je ne me rendais pas compte qu'il y avait une différence entre cette mort-là et l'instant de la mort, qui est intolérable. Oui, c'est très bizarre : la mort ne me fait toujours pas peur, mais désormais je suerai d'angoisse à l'idée du moment du passage, dût-il ne durer qu'une seconde.

– Vous avez honte, alors ?

– Oui et non.

– Merde ! Dois-je vous faire ramper à nouveau ?

– Laissez-moi vous expliquer. Oui, j'ai honte à l'idée d'avoir infligé un pareil moment à Léopoldine. D'autre part, je persiste à croire, ou du moins à espérer, qu'elle a bénéficié d'une exception. Le fait est que j'ai scruté son visage pendant sa courte agonie et que je n'y ai lu aucune angoisse.

– J'adore les illusions dont vous vous bercez pour préserver votre bonne conscience.

– Je me fous de ma conscience. La question que je posais se situe à une échelle supérieure.

– Mon Dieu.

– Vous avez prononcé le mot : oui, peut-être Dieu accorde-t-il, à certains humains exceptionnels, un passage dénué de souffrance et d'angoisse, un trépas extatique. Je pense que Léopoldine a connu ce miracle.

169

– Écoutez, votre histoire est déjà assez haïssable comme ça , voulez-vous en plus la rendre grotesque en invoquant Dieu, l'extase et les miracles ? Vous vous imaginez peut-être avoir perpétré quelque meurtre mystique ?

– Certainement.

– Vous êtes fou à lier. Voulez-vous connaître la réalité de ce meurtre mystique, espèce de malade ? Savez-vous la première chose que fait un cadavre, après son trépas ? Il pisse, monsieur, et il chie ce qui lui reste dans l'intestin.

– Vous êtes répugnante. Arrêtez cette comédie, vous m'incommodez.

– Je vous incommode, hein ? Assassiner les gens, ça ne vous dérange pas, mais l'idée que vos victimes pissent et chient, ça vous est insupportable, hein ? L'eau de votre lac devait être bien trouble si, en repêchant le cadavre de votre cousine, vous n'avez pas vu le contenu de ses intestins remonter vers la surface.

– Taisez-vous, par pitié !

– Pitié de quoi ? D'un assassin qui n'est même pas capable d'assumer les conséquences organiques de son crime ?

– Je vous jure, je vous jure que ça ne s'est pas passé comme vous le dites.

– Ah non ? Léopoldine ne possédait-elle pas une vessie et un intestin ?

– Si, mais... ça ne s'est pas passé comme vous le dites.

– Dites plutôt que cette idée vous est intolérable.

– Cette idée m'est intolérable, en effet, mais ça ne s'est pas passé comme vous le dites.

– Vous avez l'intention de répéter cette phrase jusqu'à votre mort ? Vous feriez mieux de vous expliquer.

– Hélas, je ne parviens pas à expliquer cette conviction, et pourtant, je sais que ça ne s'est pas passé comme vous le dites.

– Savez-vous comment on nomme ce genre de convictions ? On les appelle autosuggestions.

– Mademoiselle, puisque je n'arrive pas à me faire comprendre, me permettez-vous d'aborder la question sous un autre angle ?

– Croyez-vous vraiment qu'il existe un autre angle ?

– J'ai la faiblesse de le croire.

– Alors, allez-y – au point où on en est.

– Mademoiselle, avez-vous déjà aimé ?

– C'est le comble ! Nous voici dans la rubrique « Courrier du cœur ».

– Non, mademoiselle. Si vous aviez déjà aimé, vous sauriez que ça n'a rien à voir. Pauvre Nina, vous n'avez jamais aimé.

– Pas de ça avec moi, voulez-vous ? Et puis, ne m'appelez pas Nina, vous me mettez mal à l'aise.

– Pourquoi ?

– Je ne sais pas. Entendre son prénom prononcé par un assassin doublé d'un obèse, ça a quelque chose d'ignoble.

– Dommage. J'avais pourtant très envie de vous appeler Nina. De quoi avez-vous peur, Nina ?

– Je n'ai peur de rien. Vous me dégoûtez, c'est tout. Et puis, ne m'appelez pas Nina.

– C'est dommage. J'ai besoin de vous nommer.

– Pourquoi ?

– Ma pauvre petite, vous, si aguerrie, si mûre, vous êtes encore, sous certains aspects, comme l'agneau qui vient de naître. Ignorez-vous ce que signifie le besoin de nommer certaines personnes ? Imaginez-vous que le commun des mortels m'inspire le même besoin ? Jamais, mon enfant. Si on éprouve au fond de soi le désir d'invoquer le nom d'un individu, c'est qu'on l'aime.

– ... ?

– Oui, Nina. Je vous aime, Nina.

– Vous avez bientôt fini de dire des âneries ?

– C'est la vérité, Nina. J'en avais eu l'intuition, tout à l'heure, et puis j'avais cru m'être trompé, mais je ne m'étais pas trompé. C'est surtout ça que j'avais besoin de vous dire, quand j'étais en train de mourir. Je crois que je ne pourrais plus vivre sans vous, Nina. Je vous aime.

– Réveillez-vous, imbécile.

– Je n'ai jamais été plus lucide.

– La lucidité ne vous sied guère.

– Peu importe. Je ne compte plus, je suis tout à vous.

– Arrêtez ce délire, monsieur Tach. Je sais très bien que vous ne m'aimez pas. Je n'ai rien pour vous plaire.

– Je le pensais aussi, Nina, mais cet amour se situe bien au-dessus de tout ça.

– Par pitié, ne me dites pas que vous m'aimez pour mon âme, ou je pleure de rire.

– Non, cet amour se situe plus haut encore.

– Je vous trouve bien éthéré, tout à coup.

– Ne comprenez-vous pas que l'on peut aimer un être en dehors de toute référence connue ?

– Non.

– C'est dommage, Nina, et pourtant je vous aime, avec tout le mystère que ce verbe suggère.

– Arrêtez ! J'ai compris : vous cherchez une fin décente pour votre roman, n'est-ce pas ?

– Si vous saviez combien ce roman m'indiffère depuis quelques minutes !

– Je n'en crois rien. Cet inachèvement vous obsède. Vous avez été écœuré en apprenant que je n'avais aucun lien personnel avec vous, aussi essayez-vous, à présent,

172

de créer de toutes pièces ce lien personnel, en inventant une histoire d'amour de dernière minute. Vous avez une telle haine de l'insignifiance que vous seriez capable des mensonges les plus énormes pour donner du sens à ce qui n'en aura jamais.

– Quelle erreur, Nina ! L'amour n'a aucun sens, et c'est pour cette raison qu'il est sacré.

– N'essayez pas de m'avoir avec votre rhétorique. Vous n'aimez personne à part le cadavre de Léopoldine. Vous devriez avoir honte, d'ailleurs, de profaner le seul amour de votre vie en me tenant des propos aussi peu crédibles.

– Je ne le profane pas, au contraire. En vous aimant, je prouve que Léopoldine m'a appris à aimer.

– Sophisme.

– Ce serait un sophisme, si l'amour n'obéissait pas à des règles étrangères à celles de la logique.

– Écoutez, monsieur Tach, écrivez ces sottises dans votre roman, si ça vous amuse, mais cessez de m'utiliser comme cobaye.

– Nina, ça ne m'amuse pas. L'amour ne sert pas à s'amuser. L'amour ne sert à rien d'autre qu'à aimer.

– Exaltant.

– Mais oui. Si vous pouviez comprendre le sens de ce verbe, vous seriez aussi exaltée que je le suis en cet instant, Nina.

– Épargnez-moi votre exaltation, voulez-vous ? Et cessez de m'appeler Nina, ou je ne réponds plus de mes actes.

– Ne répondez plus de vos actes, Nina. Et laissez-vous aimer, puisque vous n'êtes pas capable de m'aimer en retour.

– Vous aimer ? Il ne manquerait plus que ça. Il faudrait vraiment être pervers pour vous aimer.

– Soyez donc perverse, Nina, je serais si heureux.

– Il me répugnerait de vous rendre heureux. Personne n'en est plus indigne que vous.

– Je ne suis pas d'accord avec vous.

– Évidemment.

– Je suis ignoble, laid, méchant, je peux être la personne la plus vile du monde, et pourtant je possède une très rare qualité, si belle que je ne me trouve pas indigne d'être aimé.

– Laissez-moi deviner : la modestie ?

– Non. Ma qualité, c'est que je suis capable d'amour.

– Et au nom de cette sublime qualité, vous voudriez que je baigne vos pieds de mes larmes en disant : « Prétextat, je vous aime » ?

– Dites encore mon nom, c'est agréable.

– Taisez-vous, vous me donnez envie de vomir.

– Vous êtes merveilleuse, Nina. Vous avez un caractère extraordinaire, un tempérament de feu doublé d'une dureté glaciale. Vous êtes orgueilleuse et téméraire. Vous auriez tout pour être une amante magnifique, si seulement vous étiez capable d'amour.

– Permettez-moi de vous prévenir que, si vous me prenez pour la réincarnation de Léopoldine, vous vous trompez. Je n'ai rien de commun avec cette petite fille extatique.

– Je le sais. Avez-vous déjà connu l'extase, Nina ?

– Cette question me paraît tout à fait déplacée.

– Elle l'est. Tout est déplacé dans cette histoire, à commencer par l'amour que vous m'inspirez. Alors, au point où nous en sommes, Nina, n'hésitez pas à répondre à ma question, qui est plus chaste que vous ne le pensez : avez-vous déjà connu l'extase, Nina ?

– Je ne sais pas. Ce qui est certain, c'est que je ne suis pas en extase en ce moment.

– Vous ne connaissez pas l'amour, vous ne connaissez pas l'extase : vous ne connaissez rien. Ma petite

Nina, comment pouvez-vous tant tenir à la vie, alors que vous ne la connaissez même pas ?

– Pourquoi me dites-vous des choses pareilles ? Pour que je me laisse tuer avec docilité ?

– Je ne vous tuerai pas, Nina. Tout à l'heure, j'avais pensé le faire, mais depuis que j'ai rampé, ce désir a disparu.

– C'est à mourir de rire. Ainsi vous vous imaginiez que vous étiez capable de m'assassiner, vieux et impotent comme vous l'êtes ? Je vous croyais répugnant, mais au fond, vous êtes tout simplement stupide.

– L'amour rend stupide, c'est bien connu, Nina.

– De grâce, ne me parlez plus de votre amour, je sens monter en moi des désirs de meurtre.

– Est-ce possible ? Mais, Nina, c'est comme ça que ça commence.

– Quoi donc ?

– L'amour. Vous aurais-je éveillée à cette extase ? Ma fierté est indicible, Nina. Le désir de tuer vient de mourir en moi, et le voilà qui renaît en vous. Vous commencez à vivre à l'instant : en avez-vous conscience ?

– Je n'ai conscience que de la profondeur de mon exaspération.

– Je suis en train d'assister à un spectacle extraordinaire : je croyais, comme le commun des mortels, que la réincarnation était un phénomène *post mortem*. Et voilà que, sous mes yeux de vivant, je vous vois devenir moi !

– Je n'ai jamais reçu d'insulte aussi infamante.

– La profondeur de votre irritation atteste le commencement de votre vie, Nina. Désormais, vous serez toujours aussi furieuse que je l'ai toujours été, vous serez allergique à la mauvaise foi, vous exploserez d'imprécations et d'extase, vous serez géniale comme la colère, vous n'aurez plus peur de rien.

– Avez-vous fini, espèce d'enflure ?

– Vous voyez bien que j'ai raison.

– C'est faux ! Je ne suis pas vous.

– Pas encore complètement, mais ce ne saurait tarder.

– Que voulez-vous dire ?

– Vous le saurez bientôt. C'est formidable. Je dis des choses qui s'accomplissent sous mes yeux à mesure que je les formule. Me voici devenu la pythie du présent, non du futur, du présent, vous comprenez ?

– Je comprends que vous avez perdu la raison.

– C'est vous qui l'avez prise, comme vous prendrez tout le reste. Nina, je n'ai jamais connu pareille extase !

– Où sont vos calmants ?

– Nina, j'aurai l'éternité pour être calme, dès que vous m'aurez tué.

– Que dites-vous ?

– Laissez-moi parler. Ce que j'ai à vous dire est trop important. Que vous le vouliez ou non, vous êtes en train de devenir mon avatar. A chaque métamorphose de mon être m'attendait un individu digne d'amour : la première fois, c'était Léopoldine, et c'était moi qui la tuais ; la seconde fois, c'est vous, et c'est vous qui me tuerez. Juste retour des choses, n'est-ce pas ? Je suis tellement heureux que ce soit vous : grâce à moi, vous êtes sur le point de découvrir ce qu'est l'amour.

– Grâce à vous, je suis en train d'apprendre ce qu'est la consternation.

– Vous voyez ? C'est vous qui l'avez dit. L'amour commence par la consternation.

– Tout à l'heure, vous disiez que ça commençait par le désir de meurtre.

– C'est la même chose. Écoutez ce qui monte en vous, Nina : sentez cette stupeur immense. Avez-vous déjà entendu symphonie si bien agencée ? C'est un engrenage trop réussi et trop subtil pour être perçu par les autres. Avez-vous conscience de l'effarante diversité des instruments ? De leur accord incongru ne pourrait naître que la cacophonie – et pourtant, Nina, avez-vous déjà entendu plus beau ? Ces dizaines de mouvements qui se superposent à travers vous, et qui font de votre crâne une cathédrale, et qui font de votre corps une caisse de résonance vague et infinie, et qui font de votre maigre chair une transe, et qui font de vos cartilages un relâchement – voici que l'innommable a pris possession de vous.

Silence. La journaliste renversa la tête vers l'arrière.

– Le crâne vous pèse, hein ? Je sais ce que c'est. Vous verrez que vous ne vous y habituerez jamais.

– A quoi ?

– A l'innommable. Essayez de relever la tête, Nina, si lourd que pèse votre crâne, et regardez-moi.

La créature s'exécuta avec effort.

– Reconnaissez que, malgré les inconvénients, c'est divinement agréable. Je suis si heureux que vous compreniez enfin. Concevez, dès lors, ce que fut la mort de Léopoldine. Tout à l'heure, l'instant de mourir m'avait paru intolérable parce que je rampais, aux deux sens du terme. Mais passer de la vie à la mort en pleine extase, c'est une simple formalité. Pourquoi ? Parce qu'en de pareils moments, on ne sait même pas si l'on est mort ou si l'on est vivant. Il serait inexact de dire que ma cousine est morte sans souffrir ou sans s'en rendre compte, comme ceux qui meurent pendant leur sommeil : la vérité, c'est qu'elle est morte sans mourir, puisqu'elle n'était déjà plus vivante.

– Attention, ce que vous venez de dire pue la rhétorique tachienne.

– Et ce que vous ressentez, c'est de la rhétorique

177

tachienne, Nina ? Regardez-moi, charmant petit avatar. Il faudra vous habituer à mépriser la logique des autres, désormais. Il faudra, par conséquent, vous habituer à être seule – ne le regrettez pas.

– Vous me manquerez.

– Comme c'est gentil de dire ça.

– Vous savez bien que la gentillesse est étrangère à cette histoire.

– Ne vous inquiétez pas, vous me retrouverez à chaque extase.

– Est-ce que ça m'arrivera souvent ?

– A vrai dire, je n'avais plus éprouvé d'extase depuis soixante-cinq années et demie, mais celle que je connais en ce moment efface le temps perdu comme s'il n'avait jamais existé. Il faudra vous habituer aussi à ignorer le calendrier.

– Ça promet.

– Ne soyez pas triste, cher avatar. N'oubliez pas que je vous aime. Et l'amour est éternel, vous le savez bien.

– Savez-vous que de tels lieux communs prennent, dans la bouche d'un prix Nobel de littérature, une saveur irrésistible ?

– Vous ne croyez pas si bien dire. Quand on a atteint mon degré de sophistication, on ne saurait prononcer une banalité sans la défigurer, sans lui donner les accents des paradoxes les plus étranges. Combien d'écrivains auront-ils embrassé cette carrière dans l'uni que but d'accéder un jour à l'au-delà des topos, sorte de no man's land où la parole est toujours vierge. C'est peut-être ça, l'Immaculée Conception : dire les mots les plus proches du mauvais goût en restant dans une sorte de miraculeux état de grâce, à jamais au-dessus de la mêlée, au-dessus des criailleries dérisoires. Je suis le dernier individu au monde à pouvoir dire « Je vous aime » sans être obscène. Quelle chance pour vous.

– Une chance ? Ne serait-ce pas une malédiction ?

– Une chance, Nina. Rendez-vous compte : sans moi, votre vie eût été d'un ennui !

– Qu'en savez-vous ?

– Ça crève les yeux. Ne disiez-vous pas vous-même que vous étiez une sale petite fouille-merde ? A long terme, vous vous en seriez lassée. Tôt ou tard, il faut cesser de s'intéresser à la merde des autres, il faut créer la sienne. Sans moi, vous n'en auriez jamais été capable. Désormais, ô avatar, vous aurez accès aux divines initiatives des créateurs.

– Il est vrai que je sens naître en moi une initiative qui me confond.

– C'est normal. Le doute et la peur sont les auxiliaires des grandes initiatives. Peu à peu, vous comprendrez que cette anxiété fait partie du plaisir. Et vous avez besoin de plaisir, Nina, n'est-ce pas ? Décidément, je vous aurai tout appris et tout apporté. A commencer par l'amour : cher avatar, je frémis à l'idée que sans moi, vous n'auriez jamais connu l'amour. Il y a quelques minutes, nous parlions des verbes défectifs : saviez-vous que le verbe aimer est le plus défectif des verbes ?

– Qu'est-ce que c'est que cette histoire ?

– Il ne se conjugue qu'au singulier. Ses formes plurielles ne sont jamais que des singuliers déguisés.

– Vue de l'esprit.

– Pas du tout : n'ai-je pas démontré que, quand deux personnes s'aimaient, l'une des deux devait disparaître pour rétablir le singulier ?

– Vous n'allez pas me dire que vous avez tué Léopoldine pour respecter votre idéal grammatical ?

– La cause vous paraît-elle si futile ? Connaissez-vous nécessité plus impérieuse que la conjugaison ? Apprenez, petit avatar, que si la conjugaison n'existait pas, nous n'aurions même pas conscience d'être des individus distincts, et cette sublime conversation serait impossible.

– Hélas, plût au ciel.

– Allons, ne boudez pas votre plaisir.

– Mon plaisir ? Il n'y a pas trace de plaisir en moi, et je ne ressens rien, sinon un désir terrible de vous étrangler.

– Eh bien, vous n'êtes pas rapide, avatar de mon cœur. Ça fait au moins dix minutes que je m'évertue à vous y décider, avec une transparence sans exemple. Je vous ai exaspérée, je vous ai poussée à bout pour arracher vos derniers scrupules, et vous n'êtes toujours pas passée aux actes. Qu'attendez-vous, mon tendre amour ?

– J'ai du mal à croire que vous le voulez vraiment.

– Je vous en donne ma parole.

– Et puis, je n'ai pas l'habitude.

– Ça viendra.

– J'ai peur.

– Tant mieux.

– Et si je ne le faisais pas ?

– L'atmosphère deviendrait intenable. Croyez-moi, au point où nous en sommes arrivés, vous n'avez plus le choix. En outre, vous m'offrez la chance unique de mourir dans les mêmes conditions que Léopoldine : je saurai enfin ce qu'elle a connu. Allez-y, avatar, je suis à point.

La journaliste s'exécuta sans bavure. Ce fut rapide et propre. Le classicisme ne commet jamais de faute de goût.

Quand ce fut accompli, Nina arrêta le magnétophone et s'assit au milieu du canapé. Elle était très calme. Si elle se mit à parler seule, ce ne fut pas sous l'effet d'un dérèglement mental. Elle parla comme on parle à un ami intime, avec une tendresse un peu hilare :

– Cher vieux fou, vous avez bien failli m'avoir. Vos discours m'énervaient au-delà de toute expression ; j'étais sur le point de perdre l'esprit. A présent, je me sens beaucoup mieux. Je dois avouer que vous aviez raison : la strangulation est un office très agréable.

Et l'avatar contempla ses mains avec admiration.

Les voies qui mènent à Dieu sont impénétrables. Plus impénétrables encore sont celles qui mènent au succès. Il y eut, suite à cet incident, une véritable ruée sur les œuvres de Prétextat Tach. Dix ans plus tard, il était un classique.

COMPOSITION : I.G.S. CHARENTE-PHOTOGRAVURE À L'ISLE-D ESPAGNAC
IMPRESSION : BUSSIÈRE CAMEDAN IMPRIMERIES À SAINT-AMAND (11-99)
DÉPÔT LÉGAL   JUIN 1995. N° 25462-6 (995080/1)

Collection Points

DERNIERS TITRES PARUS